정준 현대판타지 장편소설

MODERN FANTASY STORY & ADVENTURE

기적의 앱스토어

7

dream
books
드림북스

기적의 앱스토어 7

초판 1쇄 인쇄 2015년 11월 13일
초판 1쇄 발행 2015년 11월 23일

지은이 정준
발행인 오영배
책임편집 편집부

펴낸곳 (주)삼양출판사 · 드림북스
주소 서울시 강북구 도봉로 173
대표 전화 02-980-2112 **팩스** 02-983-0660
출판등록 1999년 3월 11일 제9-00046호

ⓒ 정준, 2015

ISBN 979-11-313-0499-0 (04810) / 979-11-313-0236-1 (세트)

드림북스는 (주)삼양출판사의 판타지 · 무협 문학 브랜드입니다.

정준 현대판타지 장편소설

MODERN FANTASY STORY & ADVENTURE

7

기적의 앱스토어

dream
books
드림북스

목차

제1장

안녕, 세르게이

　— 하얼빈 러시아 마피아 전쟁, 부상자 수백 명.

　— 당시 휴대전화, CCTV불통. 해킹 의심 잇따라.

　— '레드 마피아', 러시아에서도 '적신호'!

　— 러시아와 중국 고위 관료 회담.

　— 하얼빈 마피아 전쟁의 '레드 마피아'는 무엇인가?

　— 러시아가 중국과의 전쟁을 위한 음모? 다시 보는 러중관계.

　— 러시아의 유학생들 속속히 귀국.

— 로드 기업의 대표 이사 '정지우' 하얼빈에 있어.

이튿날, 뉴스 헤드라인이 하얼빈과 마피아로 도배됐다.

당연하지만 이번 전쟁에 의한 여파는 보통 난리가 아니었다.

중국의 하얼빈은 나름대로 큰 도시인 데다가, 관광객도 많기로 유명한 곳이다.

헌데 그곳에서 마피아들끼리 대전차 화기나, 총기로 무장한 채 전쟁을 방불케 하는 싸움을 했으니 세계 각국에서 주목이란 주목은 다 받았다.

참고로 이번 하얼빈 전쟁은 레드 마피아와 구주방의 싸움이 아니라, 레드 마피아끼리의 세력 다툼으로 알려졌다.

알렉산드라가 하얼빈의 모든 이권을 자오웨에게 넘기겠다고 약속했기에, 그녀에게 피해가 가지 않도록 미리 손을 써두었다.

어차피 그녀는 레드 마피아라는 범죄조직에 딱히 이렇다 할 소속감이나 애정을 갖고 있지 않아서 상관없었다.

그 외에도 지우나 자오웨와 칭후, 그리고 알렉산드라가 하얼빈에 있었던 것이 밝혀지지 않기 위해 알리바이도 조작했다.

다들 하나씩 지니고 있는 A.A 덕분이기도 했지만, 알렉산드라와 자오웨가 전쟁이 일어나기 전 미리 하얼빈을 통제하고 외부와 단절한 덕분이었다.

특히 알렉산드라가 마인드 컨트롤로 미리 하얼빈의 공안이나 군대는 물론 공무원과 언론사, 그리고 방송국 등까지 모두 손을 쓴 상태라서 정체를 감추는 일은 어렵지 않았다.

몇몇 영상이 촬영된 것도 있었으나, 그건 대부분 레드 마피아가 총기를 여러 곳에 난사하는 정도였고 — 사진들 역시 미리 조작된 상태였다.

— 정말 괜찮은 거야?

"그래, 마피아 전쟁에는 휘말리지 않았다니까 그러네? 수진아, 좀 믿어 줘라."

— 그래도 걱정이 되니까 그렇지. 가족들에게는 말했어?

"응. 잘 설명해드렸어. 사업 관련 때문에 하얼빈이 아니라 이미 다른 곳에 와있다고."

— 이번에는 어디인데?

"러시아의 하바로프스크."

하얼빈에서 마피아 전쟁이 있은 직후, 지우의 스마트폰은 불이 날 정도로 울렸다.

그가 하얼빈에 사업 관련 일로 출장 간 것은 가족뿐만 아니라, 하나밖에 없는 친구인 김수진과 더불어 로드 기업 관계자 등 모두 알고 있었다.

그 덕분에 한국의 언론사에서도 관심을 가지고 지우에 관해서 여러 추측성 어린 기사를 올리거나, 혹은 로드 양로원이나 세이렌의 본사 앞에 찾아가는 등의 일이 있었다.

이에 지우는 일단 대변인인 박영만과 더불어 주변 사람들에게 자신이 무사하다는 소식을 전했다.

이에 지우는 알렉산드라와 자오웨, 그리고 칭후에게 삼일 뒤에 한 약속을 일주일 뒤로 연기해 달라고 요청했다.

새롭게 맺은 동맹의 일도 중요하지만, 그보다는 자신의 사생활을 해결하는 것이 더욱 중요했기 때문이었다.

— 너, 귀국할 때 각오하는 게 좋을걸. 너 인터뷰하려고 아주 난리도 아니야.

하얼빈에 있던 한국인 중에서 유명인은 지우밖에 없었기 때문일까, 그는 언론에서 스포트라이트를 받게 됐다.

하얼빈 마피아 전쟁은 그만큼 세계가 충격에 휩싸일 정도로 큰 사건이었기 때문에, 지우의 회사뿐만 아니라 가족들에게도 인터뷰 요청이 쇄도했다고 한다.

"귀찮게 됐네."

지우는 하얼빈에 오면서 딱히 이렇다 할 정보 조작도 하지 않은 데다가, 주변 사람들에게 하얼빈에 다녀온다고 말해서 숨길 수도 없었다.

— 그런데 정말로 안 다친 거지?

전화기 너머로 김수진이 크게 걱정하는 목소리가 느껴진 지우는 피식하고 웃었다.

"정말, 정말 안 다쳤다니까 그러네. 걱정하지 마."

— 에휴, 알았어. 그럼 한국에는 언제 올 거야?

지우는 왠지 모르게 가슴이 따뜻해졌다.

가족 외에도 한국에서 자신을 기다려 주는 사람이 있다는 생각에 왠지 모르게 인생은 헛살지는 않았구나, 하고 생각하게 됐다.

"음…… 3~4일 안으로는 귀국할 거야."

— 이런 사태가 터졌는데도 일을 하다니, 너도 참 지독하다.

"큰일은 아니고, 그냥 자질구레한 일 처리가 남아서. 그리고 마침 러시아인 친구를 사귀어서 안내받으며 약간의 관광을 하기로 했거든."

— 흥, 일은 무슨. 정지우 너, 사실은 놀러갈 목적으로 간 거지?

"누가 들으면 오해하겠다."

지우가 낄낄하고 웃어 댔다.

― 중국도 중국이지만, 러시아도 그렇게까지 상황이 좋지 않으니까 너무 오래있지 말고 얼른 귀국이나 해.

"알았어. 그럼 이만 끊는다."

― 응.

약 십여 분간의 통화를 끝낸 뒤, 지우는 품 안에 손을 넣어 술이 들어간 힙 플라스크를 꺼냈다.

"이봐, 세르게이. 못 다한 이야기를 하러 왔어."

갖가지 나무가 잘 어울려진 공동묘지.

두 눈앞에는 왠지 쓸쓸해 보이는 석판이 놓여 있다.

세르게이의 무덤이다.

"술은 잘 몰라서 그냥 적당히 보드카 사 왔으니까 불평하진 말고."

지우는 보드카를 한 모금 마신 뒤, 세르게이의 묘지 위에 살짝 뿌려줬다.

"먼저 물어볼 것이 하나 있어. 너, 알렉산드라에게도 말하지 않은 사정을 왜 나에게 얘기해 줬어?"

처음에 그는 알렉산드라와 세르게이가 나름대로 친한 사이라고 생각했다.

세르게이가 그녀에게 빚을 졌다고 했으며, 또 동맹까지

맺은 상태이니 적어도 자신보다는 친분이 있을 거라 생각했다. 하지만 알렉산드라에게 물어보니 전혀 아니었다.

알렉산드라는 세르게이에 대해서 아는 것이 적었는데, 그 수준은 전직 KGB요원이라거나 레드 마피아 중 한 명이라는 정도밖에 되지 않았다.

그녀에 말에 의하면 그저 자신들과의 싸움을 위해서 세르게이에게 빚을 지게 만들려고 앱스토어에 대해 대충 설명해 준 정도라고 한다.

즉, 따지고 보면 그냥 단순히 전쟁 용병으로 돈 대신 정보를 준 정도였다.

심지어 지우가 그녀에게 '세르게이가 널 은인으로 여기고 있다.' 라는 말에 두 눈을 크게 뜨며 놀라는 모습을 보였다.

"봐 봐, 넌 역시 좋은 사람이라니까. 보통은 그 정도로 빚을 졌다고는 하지 않는다고."

지우의 입가에 쓴웃음이 걸렸다.

"그리고, 네 아들이랑 나랑 별로 안 닮았잖아. 이반이라고 했나? 한 번 찾아가봤어."

하바로프스크에 온 것은 하얼빈에서 벗어나려는 것뿐만 아니라, 세르게이의 장례를 위해서기도 했다. 이 장소는 세르게이의 고향이기도 하다.

"이반이라는 놈은 너와 달리 좀 버릇이 없더라. 날 보자 마자 '중국인 새끼!' 라면서 덤벼들더라. 그래서 먼지 나게 패긴 했는데, 저승에서 너무 화내지는 말라고."

지우는 세르게이에게 조금 묘한 감정을 지니고 있다.

그게 생명을 빼앗은 죄책감과 미안함인지, 아니면 친구가 되지 못한 아쉬움인지, 혹은 다른 감정인지는 알 수 없다.

그저 그의 최후가 아직까지도 머릿속에서 사리지지 않고 남아 있어서 신경이 쓰였다.

"네 장례에 참석하라고 말했는데, 더러운 황인이랑 아는 사이라며 아버지도 아니라며 욕하더라고. 정말 미안하다."

세르게이의 아들, 이반은 변하지 않았다.

그라면 분명 수많은 노력을 해 왔을 텐데, 이반은 여전히 질 나쁜 네오나치와 어울리면서 막장 짓을 하고 있었다.

"네 딸 올가는 마약 때문에 몸까지 팔고 다니더라. 그래서 앱스토어에서 마약중독 치료제를 구입해서 줬어."

올가를 찾아갔을 때, 그녀는 이반보다 정상이 아니었다.

맛이 간 눈동자로 침을 질질 흘리고 있었고, 자신과 눈을 마주쳤을 때는 '내 몸 살래?' 라면서 유혹해 왔다.

조사해 보니 뒷골목을 전전하며 자신의 몸을 헐값으로 팔고 다닐 정도로 심각한 마약에 중독된 상태였다.

　"마약의 부작용 때문에 뇌세포까지 파괴됐지만, 그것도 내가 치료해 줬으니까 너무 걱정하지 마."

　약 며칠 동안, 이반과 올가를 찾아가서 도왔다.

　"……하지만 올가도 장례식에는 오지 않겠데. 더 웃긴 건 네가 죽었다고 하니까, 내 눈치를 보면서 네가 남긴 유산에 대해서 알고 있냐고 묻더라. 그래서 걔도 화가 나서 따귀 한 방 날렸어. 미안하다."

　어째 세르게이에게 할 말은 '미안하다.'라는 것밖에 나오지 않았다.

　"그렇다고 네 자식들을 그대로 포기한 것은 아니야. 이반을 스킨헤드에게 강제적으로 탈퇴시키고, 올가에게는 더 이상 마약에 손대지 않겠다는 서약을 받았어."

　알렉산드라의 협력을 받아 레드 마피아를 보여주면서 이반과 올가의 입 안에 총구를 넣으며 약간의 겁을 주니 울면서 그러겠다는 서약을 받았다.

　"물론 사회의 구성원이 될 수 있도록 평생 동안 그 둘을 돌볼 정신과 의사도 붙여줬고, 취직자리도 알아봐줬다. 이 정도면 서비스가 제법 괜찮지?"

지우는 미친놈처럼 묘지 앞에서 혼자서 중얼거리며 피식 웃었다. 스스로 생각해도 자신이 미친 것 같았다.

"그리고 안 좋은 소식 몇 개 전하면, 네가 그동안 벌어서 준 돈은 자식들이 이미 다 어이없이 써버렸더라. 그거 듣고 얼마나 황당하던지……."

세르게이는 레드 마피아로 생활하면서 상당히 많은 돈을 벌었다. 그리고 그는 대부분의 돈을 자식들에게 모두 송금했다.

문제는 그 소중한 돈을 이반은 매춘과 스킨헤드의 자금으로 모두 사용했고, 올가는 마약으로 돈을 다 소비했다는 것이다.

"그래서 내가 돈 좀 써서 네 자식들 뒤처리도 좀 해 주고, 집도 구해 줬다. 딱히 속죄하려고 그런 건 아니야. 내가 널 죽인 사실은 변하지 않으니까."

결국 아무런 죄 없는 세르게이를 죽인 건 자신이다.

그것도 그가 자신에게 특별히 잘못한 것도 아니었고, 지우는 순수하게 이득을 위해서 세르게이를 죽였다.

"……그리고, 감옥에 있는 네 전처를 만나서 소식을 전해 줬지만…… 나보고 그냥 돌아가더라고 하더라."

전처의 경우에는 반정부주의자로서 워낙 한 일이 많아

서, 아마 평생을 감옥에서 썩을 것이다.

"세르게이, 확실히 너는 돈이 있었는데도 구원받지 못했어. 너에게만큼은 기적이란 찾아오지 않았지."

자신이 만났던 고객들은 모두 하나같이 앱스토어를 통해서 나름대로 무언가를 이뤘다.

백고천도, 양추선도, 김효준도.

자오웨나 칭후, 알렉산드라. 그리고 강태구는 무엇을 이룬지는 모르겠지만 그들 역시 나름대로 앱스토어를 사용해서 과거보단 나은 삶을 산 것이 틀림없었다.

하지만 세르게이. 단 한 사람만은 다르다.

그는 죽음 직전까지도 돈으로 가족들을 살폈음에도 구원받지 못했다고 했다. 눈물을 흘리면서 가족의 사랑을 원했다. 그러나 죽음 뒤에도 그를 찾아오는 가족은 단 한 사람도 없었다. 그들은 끝까지 세르게이를 아버지가 아니라 돈 버는 기계라고 생각했다.

설사 그가 살아남아서 이반을 스킨헤드에서 탈퇴시키고, 올가의 마약중독을 치료시켜도 별로 달라지는 건 없었을 것이다.

"위로가 될지는 모르겠지만, 그래도 네 자식들은 약간이나마 구원받을 거야. 적어도 네가 걱정하던 막장 인생에서는 벗어났으니까······."

지우는 보드카를 세르게이의 비석에 모두 뿌린 뒤, 비석 앞에 올려 뒀다.

참고로 이 묘지 아래, 관 속에 있는 건 세르게이의 시체가 아니라 그가 마지막으로 지니고 있던 앱스토어의 상품, HSG와 윌 탱커즈였다.

앱스토어의 고객 특성상 시체를 남기지 못하기에, 그 대신 마지막으로 유품이 될 만한 것을 넣었다.

"속죄도 아닌데, 왜 이렇게까지 하는 건지 슬슬 궁금하지?"

휘이잉

바람이 불었다. 지독하게 찬바람이다.

"모르겠어, 그냥. 왠지 그러고 싶었어. 그뿐이야."

＊　　＊　　＊

"하아아, 이건 언제 봐도 정말 마음에 드네요."

자오웨는 몽롱한 눈동자를 빛내며 눈앞에 놓인 서류 더미를 한 장, 한 장 정성스레 살펴봤다.

"대체 그걸 몇 번이나 보는 겁니까? 적당히 좀 합시다."

서류 더미에 정신이 뺏긴 자오웨를 지우가 어이없는 듯 혀를 차면서 힐난했다.

그러자 자오웨의 뒤에서 서 있던 칭후가 번개같이 반응하며 사납게 으르릉거렸다.

"자오웨가 뭘 하고 있건 네가 상관할 바가 아니다."

"네, 다음 시스터 콤플렉스."

"이 새끼가⋯⋯."

칭후가 진득진득한 살의를 내뿜으면서 이를 뿌드득 갈았다. 주먹을 꽉 쥔 것이 지금 당장이라도 달려들 듯싶었다.

"두 분 다 입 좀 다물어주실래요? 이거 읽는 데 방해되잖아요. 그리고 위선자 씨. 미안하지만 이건 하얼빈 전쟁을 일으켰던 이유 중 하나이니 대충 볼 수는 없다고요."

그녀가 손가락으로 서류를 툭툭 두들기면서 불만 어린 표정을 지었다.

참고로 자오웨가 그렇게나 소중하게 여기는 이 서류는 알렉산드라가 레드 마피아를 통해 지배하고 있던 사업장이나 유통로 등이 상세하게 기록되어 있었다.

이 서류 몇 장으로 인해 자오웨는 하얼빈의 음지를 모두 손에 넣은 것이니, 이렇게 즐거워하는 것도 전혀 이상한 것이 아니었다.

원래 사촌이 땅이 사면 배가 아프다고 했다. 심지어 사촌
도 아니라, 언젠가 적이 될 짜증 나는 여자가 잘되는 꼴이
보아하니 슬슬 옆구리가 쑤셔오는 지우였다.

"말다툼은 적당히 하는 게 어때…… 여기에 모인 이후로
정확히 열세 번 정도 싸웠어."

라운지 바에 있던 알렉산드라가 동맹원들을 말리면서 옆
에 놓인 고급 양주를 하나 꺼내 유리잔에 따른다.

덜그럭 하고 안에든 얼음이 서로 부딪치면서 특유의 소
리를 냈다.

알렉산드라는 양주를 다시 바(bar) 위에 올려두고, 술이
담긴 유리잔을 집어 들어 두툼한 입술에 머금으려고 했다.

허나 술을 넘기기도 전, 그녀가 쥐고 있던 유리잔은 누군
가의 손으로 빨려 들어갔다.

술을 빼앗긴 알렉산드라는, 그녀 특유의 음울하고 피곤
하기 그지없는 눈매를 유지하면서 고개를 옆으로 돌렸다.

"당신이야말로 술은 좀 자제하도록 해."

지우는 술병과 술잔 모두 강제적으로 빼앗아 옆으로 밀
어뒀다.

알렉산드라의 눈 밑의 진한 다크 서클을 보아하면 술을
마시는 건 현명한 행동이 아니다.

"……숙녀의 술잔을 빼앗다니, 매너가 없는걸."

그것도 러시아인에게 술을 빼앗다니, 반 농담 삼아 살해해도 정상참작이다.

"아뇨, 그 남자 말대로랍니다. 당신은 불면증이 낫지 않는 이상 술을 마실 생각은 꿈도 꾸지 마세요."

자오웨도 지우의 의견에 전적으로 동의했다.

"괜찮다면 정신병원이라도 찾아가서 의사와 상담하는 건 어떠세요?"

"그건 무리입니다."

지우가 머리를 좌우로 절레절레 흔들었다.

"왜 무리죠?"

"알렉산드라가 정신병학(психиатрия) 전문의입니다."

"하."

이번에는 칭후가 어이없는 듯 코웃음을 쳤다. 자오웨도 마찬가지인 반응을 보였다.

누구보다 더 정신병자에 가까운 사람이 정신의학 전문의라니, 어이가 없어도 너무 없다.

참고로 이반과 올가가 상담을 받을 의사를 소개시켜준 것도 바로 알렉산드라였다.

처음 이 사실에 대해 들었을 때는 지우 역시 자오웨나 칭후처럼 어이없어하고 또 놀란 반응을 보였다.

"아무리 앱스토어가 두렵다고 하지만, 정신과 전문의가 고작 그 정도 이유만으로 불면증이 걸리다니. 솔직히 이해가 안 가네요. 혹시 거짓말 아니에요?"

"거짓말이라니, 너무한걸. 확실히 앱스토어도 내 불면증의 원인 중 하나이긴 하지만 그거 하나만 있는 건 아니야."

알렉산드라가 왜 불면증에 걸렸는지 알고 싶었지만, 이 자리에 있는 어느 누구도 그녀에게 묻지 않았다.

서로 간의 이득을 위해서 뭉친 이들은, 언제부터인지는 모르지만 과거나 목표에 대해서는 이야기를 나누지 않았다.

"딱히 나에 대해서 알고 싶어 하는 눈치가 아니니, 슬슬 본론을 꺼내볼까."

하얼빈 전쟁이 일어난 이후로 정확히 일주일이 지났다.

지우는 알렉산드라에게 약간의 도움을 얻어서 이반과 올가를 찾아내서 그들을 도와주었고, 자오웨는 칭후에게 어떻게 됐는지 사정을 설명하고, 알렉산드라의 사업과 유통을 모조리 인수하고 정리하는 데 힘썼다.

참고로 원래 이 지역에 있었던 레드 마피아는 대부분 반이 중국 공안이나, 러시아 정부에게 끌려갔다. 운 좋게 도망을 친 이들은 알렉산드라를 따라서 숨어 다녔다.

어쨌거나, 전쟁 이후 지우는 다시 대화를 위해서 하바로프스크에 있는 호화 호텔 중 하나를 빌려서 자리를 만들었다.

"물어볼 것이 있다면 물어봐."

"앱스토어의 고객들."

지우와 자오웨과 동시에 화음을 만들어 냈다.

"음. 역시 그거겠지."

알렉산드라는 예전에 이 자리에 있는 사람들 외에도 앱스토어의 고객들이 있다고 했다. 특히 그녀는 그 부분에 대해서 상당 부분 아는 것이 많은 듯했다.

"몇 명 알고 있지?"

칭후가 물었다.

"글쎄, 몇 명인지는 나도 잘 모르겠어. 그렇지만 어떤 '단체'가 얼마나 있는지는 알고 있지."

'역시 있었나.'

앱스토어 고객 간의 동맹. 혹은 그와 준하는 모임. 자신들처럼 이익을 바라고 손을 잡은 동맹이 있는 것처럼, 지구촌 어딘가에 그런 조직이 있을 것이라고 어렴풋이 생각하고 있었다.

"단체라면…… 설마 앱스토어의 고객들이 유럽 연합이다, 아메리카다 뭐니 하고 편을 갈라서 싸우는 건 아니겠죠?"

자오웨가 혹시 하는 마음으로 물었다.

생각해 보니 이 자리에 있는 사람들의 국적을 모아보면 아시아 동맹이라고 부를 수도 있었다.

참고로, 이렇게 아시아권 고객들이 만나서 동맹을 맺은 건 그냥 단순한 우연일 뿐이다.

서로의 이득을 위해서 뭉친 것뿐이고, 맞지 않는다면 언제든지 적으로 돌아갈 생각이다.

"비슷하지만 좀 달라."

그 말에 남은 세 명이 각각 서로 다른 반응을 보였다.

"제대로 설명해 줘, 알렉산드라."

지우가 미간을 찌푸린 채로 설명을 요구했다.

"예전에 내가 너희처럼 순수하게 이득만 챙기려는 고객은 처음 보는 부류라고 했었지?"

알렉산드라가 투항을 하고, 그 대신 대가를 지불하겠다고 협상을 하던 장면이 머릿속을 스치고 지나갔다.

"말했던 것처럼 우리 외의 고객들은 결코 비슷한 부류라고 할 수 없어."

"혹시 세계라도 지배하려는 건가요?"

자오웨가 어깨를 으쓱이며 농담 삼아 물었다.

"그럴지도."

"네?"

농담이 진담으로 돌아오자, 자오웨가 눈에 띄게 당황했다. 다른 두 남자도 마찬가지였다.

알렉산드라는 자신에게 시선이 모두 집중됐지만 냉정을 유지하면서 다시 설명을 계속했다.

"앱스토어의 상품, 특히 고액의 상품들은 대부분 핵병기와 견줄 정도로 위력을 지니고 있어. 예를 들어 내가 지닌 마인드 컨트롤도 그래. 만약 테러리스트나, 혹은 제2의 히틀러와 같은 사람에게 들어가면 어떻게 될까?"

"……너무 유치한 전개 아니에요?"

영화 등에서 흔히 나오는 전개다. 막강한 초능력이나, 혹은 이 시대의 과학을 월등히 뛰어넘는 병기가 악인의 손에 들어가고, 악인은 그것을 통해 세상을 멸망시키려 하거나 정복하려 한다.

"유치하지만 누구나 생각할 만한 힘의 사용법이지. 너희도 모르는 건 아닐 텐데?"

확실히 앱스토어의 고객이라면 누구나 생각할 만하다.

두 눈앞에서 기적을 일으키는 이 힘은 충분히 세계를 지배하고도 남을 힘이다.

예를 들어 백고천의 경우 앱스토어를 이용해서 신이 되려 했었고, 그 시도는 어느 정도 효과가 있었다.

만약 지우가 초기에 진압하지 않았더라면, 백고천은 어마어마한 재력과 힘을 비축하여 기독교나 불교 등을 모두 몰아내고 백왕이라는 신이 됐을지도 모른다.

"게다가, 정작 이 상품을 판매하는 '기적의 앱스토어'는 그러한 행위를 결코 저지하지 않아."

"맞아."

알렉산드라의 말에 한국의 관리자인 라미아와의 대화를 떠올린 지우가 맞장구쳤다.

"역시 당신들도 궁금해서 물어보신 모양이군요. 기적의 앱스토어는 고객에게 상품을 판매하면, 그 고객이 무슨 행위를 하던 간에 책임도 지지 않고 신경도 쓰지 않는다고요."

대학살을 하건, 전쟁을 일으키던, 성인(聖人)을 자처하건, 신이 되건 간에 앱스토어는 관여하지 않는다.

심지어 기적의 앱스토어에 대해 전 세계에 폭로한다고 해도 그들은 뭐라 하지 않는다.

딱히 앱스토어의 존재가 밝혀져도 사람들의 기억 속에

저절로 사라진다거나 하는 조작을 해놔서 괜찮다고 하는 것이 아니다. 말 그대로 신경을 쓰지 않아서 그렇다.

"그렇다면 충분히 해 볼 만한 행동이지."

기적의 힘을 지닌 앱스토어의 고객들도 최고로 두려워하고 꺼림칙해하는 곳이 있다. 바로 앱스토어 그 자체다.

천사와 악마, 요정 등의 상상속의 존재들을 용병으로 부리는 데다가 그에 준하는 아이템들을 팔고 있다.

그렇다면 그들은 아마 신, 혹은 신과 준하는 힘을 지니고 있을 터. 아무리 고객들이 강해 봤자 그들을 이길 수 없다.

"악의 조직이라니, 참나……점점 스케일이 커지는 느낌이네."

지우는 어이가 없는 듯 코웃음을 치고 근처에 자리 잡은 고급 소파에 털썩 주저앉아 한숨을 푹 내쉬었다.

알렉산드라의 이야기가 범상치는 않을 것이라 생각했지만, 설마 이 정도일 줄은 몰랐다.

"알렉산드라, 당신은 그걸 어떻게 알고 있었죠?"

"좋은 질문이야, 마침 그에 관해서 이야기해 주려고 했어."

알렉산드라는 목이 마른지 옆에다 치워둔 술병에 손을 뻗으려했다. 그러나 소파에 앉아 있던 지우가 텔레포트로 날아와 술병을 빼앗은 뒤, 근처에 있던 물병을 대신 건넸다.

이에 알렉산드라가 아쉬운 듯 입맛을 다시면서 술병 대신 물로 목을 축이고 다시 말을 잇는다.

"약 3년 전, 미국인 한 명이 날 찾아왔어."

미국인은 마인드 컨트롤이라는 능력을 지닌 알렉산드라에 대해 우연찮게 알게 돼서 방문했다고 한다.

그리고 그 미국인은 알렉산드라에게 세계 정복, 혹은 그에 준하는 무언가를 준비하고 있는 단체에 대해서 자세하게 설명해 줬다. 그 외에도 각국의 앱스토어 고객에 대해서도 친절하게 가르쳐 주는 등 소중한 정보를 알려줬다.

설명이 끝난 직후, 미국인은 알렉산드라에게 혹시 자신이 속해 있는 단체에 가입하지 않겠냐고 제의했다.

"이봐, 알렉산드라. 당신의 힘은 너무 위험해. 아마 그들이 당신에 대해 알게 되면 분명 당신을 이용해서 끔찍한 일을 저지를지도 몰라. 그러니 우리와 합류하지 않겠어?"

"우리들은 그들을 전면적으로 부정하고, 또 막으려는 단체이기도 해. 그리고 앱스토어의 고객들이

상품을 악행에 쓸 수 없도록 노력도 하고 있어. 당신
의 힘이 필요해."

"아하, 아하하하! 뭔가요, 정말!"
자오웨가 배를 부여잡고 눈물까지 찔끔 흘리며 마구 웃
어 댔다. 꽤나 심하게 웃음이 터졌는지, 도중에 끅끅 하고
괴로워했다.

제2장

정의도 악도 행하지 않는다

"후후! 그러니까, 악의 조직 비스름한 곳이 있고 또 그걸 막으려는 정의의 단체 같은 것이 있다는 거죠?"

"그래."

"혹시 저희가 지금 권선징악을 교훈으로 한 동화를 읽고 있는 건 아닌지 점점 의문이 드네요."

자오웨는 합장한 채로 머리를 옆으로 살짝 기울여 즐겁다는 듯이 웃었다.

"아주 재미있어요."

자오웨가 눈을 가늘게 떴다. 눈꺼풀 아래에 숨겨진 차가운 눈동자가 섬뜩하게 빛났다.

그 눈에서 묻어나는 감정은 명백한 경계였다.

"흠, 그렇다면 악의 조직에 대해서는 그 미국인에게 들은 것밖에 없으니 자세히 모르겠네?"

"아니, 그쪽도 사람을 보내와서 대충은 알고 있어."

알다시피 알렉산드라의 힘은 시대와 장소를 불문하고 막강한 힘을 발휘한다.

설사 자신과의 철학과 맞지 않는다고 해도, 동료로 맺어야 할 영순위에 속한다.

덕분에 그녀는 서로 적대하고 있는 두 단체에게 몇 번씩이나 좋은 조건을 제시받고, 호의를 받았다.

"인기 만점인 당신이 첩자가 아닌 이상 두 단체 모두의 제의를 거절했다는 건데, 어떻게 거절했어?"

"둘 중 어느 곳도 가입하지 않겠다고 말하고 거절했지."

"그걸 그대로 믿었다고?"

알렉산드라는 아군으로 받아들이지 못하면 그 존재가 위험해도 너무 위험해서 그대로 두기에는 부담스럽다.

아무리 본인이 그렇게 말한다고 해도, 나중에 적 편에 넘어간다면 단번에 승세가 한쪽으로 기운다.

"나를 믿지 않고 감시하는 등 허튼수작을 하면 곧바로

상대 쪽에 넘어간다고 으름장을 내놨으니까."

확실히 가만히 두기에는 위험하지만, 그녀의 말에 의해서 섣불리 건들 수도 없게 됐다.

그녀를 확실히 죽일 수 있거나, 혹은 영원히 감금할 수 있다면 문제가 발생하지 않는다.

그러나 만약에라도 그녀가 살아남아 적대하는 단체에게 도움을 요청하고 가입하게 된다면 최악의 결과를 부른다.

알렉산드라를 백 프로 처리할 수 없는 이상, 털끝만큼도 건드릴 수 없으니 그들 입장에서는 미칠 노릇이었다.

"다른 사람도 아니고, 당신이 알아서 처리했을 거라고 믿어요."

누구보다 빠른 상황 판단과 계산, 그리고 행동력.

알렉산드라는 현 동맹에서도 누구보다 두뇌가 뛰어났다.

비록 지금은 머리가 약간 맛이 가긴 했으나, 그래도 한때 의사였던 여성이다.

특히 정신병학 전문의였던 만큼, 이중에서 사람에 대해 가장 잘 아는 것은 그녀일 것이다.

그렇다고 그녀의 학력만 보고 판단한 것은 결코 아니다.

지금까지 알렉산드라를 보고, 느낀 이후의 판단이었다.

알렉산드라는 마인드 컨트롤 그 자체의 능력도 능력이지

만, 정말 무서운 것은 비상한 머리다.

주입식 교육이 아니라, 자율적으로 공부하고 경험한 알렉산드라의 지식과 지혜는 결코 우습게 볼 수 없었다.

지우도 자오웨도, 그리고 칭후도 알렉산드라의 능력만큼은 인정하고 또 신뢰했다.

"하지만, 의심이 털끝만큼 없는 것은 또 아니지."

자오웨의 뒤편에서 병풍처럼 서 있던 칭후가 말을 꺼냈다.

"알렉산드라, 솔직히 말해서 나는 이해가 안 가. 일주일 전의 너는 우리에게 이길 수 없으니 항복한다고 했고, 투항의 대가로 상당한 손해도 봤어."

그 알렉산드라가 하얼빈에서 전쟁을 각오하고도 꾸준히 사업장을 지켜왔다는 건, 그만큼 수익이 상당해서다.

실제로 구주방의 간부인 자오웨조차도 서류를 건네받고 감탄을 터뜨릴 정도였다.

그런 손해를 감수하고도 자신들의 동맹에 가입한 것이 이해가 가지 않았다.

"너와 그들이 아무리 더 이상 서로 간에 상관하지 않는 사이라고 해도, 네 이야기를 들어보면 그들은 결국 너의 힘을 무척 원하고 있어. 도움을 청한다면 쌍수를 들며 환영하겠지. 차라리 그중 한 곳에 들어가는 게 더 편하지 않아?"

지우의 말에 이번에는 자오웨가 칭후가 동의하는 듯 머리를 주억거렸다.

"마음에 들지 않으니까."

"마음에 들지 않아?"

"그래."

알렉산드라는 두 단체 모두 만나 봤고, 조사해 봤다.

그리고 객관적인 판단을 위해서 그 두 단체에게 서로 다른 단체에 대한 평가도 들어봤다.

그 외에도 따로 정보력을 써서 조사해 봤는데, 그중 몇 가지 사실이 진실이라는 걸 알게 되면서 그들과의 합류를 거부했다.

"처음 얘기한 단체는 세계의 지배, 혹은 그에 준하는 것을 원해. 그것이 개혁인지, 정복인지는 잘 모른다. 하지만 그들은 수단과 방법을 가리지 않고 무언가를 이루려고 하고 있어. 미안하지만, 난 그런 것 따위에는 관심이 없어."

알렉산드라의 피폐한, 그리고 음울하기 짝이 없는 눈동자가 처음으로 살아 있는 것처럼 빛났다. 다만 그 눈동자는 결코 순수하거나 맑지 않았다.

"정의를 자처할 수 있는 단체 또한 성가셔. 아니, 도리어 그게 더 안 좋지."

하얼빈 전쟁을 보면 알 수 있다시피, 이 네 명은 앱스토어의 상품을 결코 올바르게 쓰고 있다고 말할 수 없다.

선악을 구분하기 전에, 이들은 모두 자신만을 위해 사용하며 결과적으로 궁극적인 이득을 추구하고 있다.

목적을 위해서라면 약간, 아니 상당한 희생이 있다고 해도 강행한다.

구주방이라는 세계 최악의 범죄조직을 운영하는 자오웨나 칭후는 말할 것도 없고, 지우 역시 이 두 명보다는 못하지만 옳다고 할 수 없는 행동을 했다.

결국 이 네 사람은 어떤 단체에도 들어갈 수 없다. 그 목적이 맞지 않기 때문이었다.

"세계가 어떻게 변하건, 국가가 어떻게 되건 상관하지 않아. 선악 따위는 상관없다. 어디에 구속되지 않고, 그저 개인의 이득만을 위해서 — 감정이 아니라 이성을 믿고 행동한다. 너희를 선택한 건 그뿐이야. 그저."

"상호간의 이익이 일치했을 뿐이지."

라운지 바에 앉아 있던 지우가 대신 말을 이으며 자리에서 일어났다. 그는 창가로 걸어가 바깥을 살폈다.

고층 빌딩과 더불어, 화려한 네온사인이 가득한 밤거리.

비록 한국이 아니라 러시아지만, 역시 도시는 어딜 가던 대부분 비슷하다.

"알렉산드라, 한 가지만 물어도 될까?"

"물론."

지우는 왼손을 들어 창문을 살짝 누르고, 오른손은 주머니에 찔러 넣고 말을 이었다.

"네가 어떤 목적 때문에 불면증으로 고생하면서 앱스토어를 이용하는지는 모르겠어. 하지만, 그걸 위해서라면 돈이 필요하지?"

"그래."

알렉산드라는 주저하지 않고 즉답했다.

"자오웨, 칭후."

그들과의 동맹은 알렉산드라와 달리 사정이 조금 달랐다.

자오웨와 칭후는 알렉산드라를 쓰러뜨리기 위해서 고객이 한 명 더 필요했다. 이 일만 해결하려면 그들은 지우를 살려 두지 않고 처리할 생각이었다.

지우는 자오웨와 칭후와 붙으면 승산이 없는 걸 깨닫고 살기 위해서 동맹을 맺었다. 딱히 서로간의 이득을 위해서 손을 잡은 것은 아니었다.

하지만 서로 대화를 나누고, 함께 지나면서 세 사람은 어느덧 자신들이 비슷하고 같은 부류란 걸 깨달았다.

"필요해요."

"필요하다."

누가 쌍둥이 아니랄까 봐 동시에 대답했다.

"그렇단 말이지……."

동맹원 모두에게 확답을 듣게 된 지우는 두 눈을 지그시 감고 생각에 잠겼다.

'완벽해.'

의도하지 않았던 동맹이 생겼다. 그리고 이 동맹은 한국에서 강태구가 결성한 동맹보다 안정적이고 강했다.

어쩌면 이 세계에 숨겨진 고객들의 단체보다 더.

언제 서로를 배신할지 모르는 불안전한 관계이긴 해도 지우는 이 관계가 무척이나 마음에 들었다.

쓸데없이 감정론에 의해 실수를 할 것 같지도 않고, 철저하게 이익을 창출하기 위해 움직인다. 게다가 한 명도 빠짐없이 능력이 출중하니 걱정할 것도 없었다.

"알렉산드라, 이제 슬슬 그들의 이름을 알려줬으면 해. 솔직히 정의의 조직이니, 악의 조직이니. 이 나이 먹고 부르는 건 좀 그렇잖아."

"언컨쿼러블(unconquerable), 디스페어(despair)"

지우는 속으로 그 두 이름을 되새기며 씩 웃었다.

"앞에 것은 그렇다고 쳐도, 뒤쪽은 누가 봐도 악당이잖아. 그거 지은 놈한테 찾아가서 정말 최선이었냐고 물어보고 싶을 정도구만."

"혹시나 하지만, 괜히 대항하겠다고 우리에게 이름 붙이거나 한다면 당신을 창문 바깥으로 던져 버릴게요."

자오웨가 살기를 담아 생긋하고 웃었다.

"세계평화, 세계정복. 이 둘 모두 우리와는 어울리지도 않고, 관심도 없는 단어지."

야경을 구경하던 지우는 등을 돌렸다. 구름 사이로 빠져나온 달빛이 창문에 통해 흘러들어와 후광을 만든다.

"우리는 정의도, 악도 행하지 않는다. 오직 돈을 번다."

세계에 관해서 모르는 진실을 알았다. 첩보 영화에서나 나올 법한 정의와 악의 조직이 서로 싸우고 있었다.

하지만 그뿐이다. 새로운 진실을 알았다고 딱히 무언가가 변하지는 않는다.

"세계를 걸고 싸우는 조직들을 이용해서 돈을 버는 것도 나쁘지 않다고 생각해. 그렇지 않아?"

＊　　　＊　　　＊

하바로프스크외 회담이 무사하게 끝났다. 그 뒤에 네 사람은 근 한 달 동안은 조용히 지내기로 했다.

그들만의 문제는 끝나긴 했지만, 아직 하얼빈 사태가 잠잠해지지 않았다. 세계적인 사건으로 알려진 만큼 쉽게 진정되지 못했다.

하얼빈에 국내외 기자들이 몰려와 특종을 잡기 위해 쑥대밭을 만들고 다녀왔고, 중국의 공안들도 치안과 자세한 사정을 조사하기 위해 찾아왔다.

또한, 레드 마피아 간의 전쟁으로 알려지긴 했으나 중국 공안들이 구주방을 아예 의심을 하지 않는 건 아니었다.

중국 공안과 정부도 바보가 아니다. 구주방이 예로부터 하얼빈의 사업장을 호시탐탐 노리면서 몇 번이나 껄떡댄 것을 알고 있다. 이러저러한 복잡한 사정 때문에 자오웨와 칭후는 당분간 바쁠 것이라고 말했다.

알렉산드라의 경우는 그들과 달리 시간이 제법 남았다.

하얼빈이 최대의 골치였는데, 그걸 자오웨에게 모두 넘겼으니 책임질 필요가 없어진 것이다.

유일하게 남은 뒤처리가 레드 마피아였는데, 그중 반은 중국과 러시아 정부에 잡히고 반은 미리 준비했던 은신처로 녹아들었다.

참고로 두 국가에게 잡힌 레드 마피아의 경우는 모두 알렉산드라가 일부러 그렇게 둔 것이었다.

진실된 정보를 숨기고, 거짓된 정보를 알리기 위해 마인드 컨트롤로 미리 손을 써둘 필요가 있어서였다.

그래서 그녀는 여유가 남아 은신처의 재확인과 언컨쿼러블, 그리고 디스페어의 동향을 살피겠다고 했다.

마지막으로 지우는 하바로프스크 공항에서 출발하여 블라디보스크를 경유하고 인천공항을 통해 겨우겨우 모국인 대한민국으로 돌아올 수 있었다.

"씨발, 정말 길고도 길었다."

비록 한 달 남짓한 기간밖에 되지 않았지만, 워낙 스펙터클한 경험을 해서 한 달이 일 년처럼 느껴졌다.

육체와 정신의 한계를 초월하는 초능력을 보유하고 있는데도 그 피로감은 말로 형용할 수 없을 정도였다.

그리고 중국 음식과 러시아 음식이 입에 맞지 않아서 얼마나 고생했는가. 언제가 한 번 도저히 참지 못하고 오성급 호텔에서 주는 고급 요리를 마다하고 한국의 컵라면을 구해서 혼자 먹었을 정도다.

"정지우다!"

'맞다, 취재진이 있었지! 씨발!'

한국에 귀국한 기쁨에 깜빡 잊고 있었는데, 한국에서 지우를 기다리는 사람들이 제법 많았다.

세계적으로도 주목을 받은 사건이기도 하고, 유명인 중 한 명이 그곳에 있었으니 반대로 관심을 받지 못하면 이상한 일이다.

"안녕하십니까, KCB에서 나왔습니……."

"CBM입니다! 정지우 대표님! 잠시 시간 좀 내주실 수 있겠습니까!"

"SBK의 기자……."

KCB, CBM, SBK. 대한민국의 삼대 방송사에서 카메라맨이 붙은 기자들이 찾아왔다.

아니, 그들뿐만 아니라 각종 신문사, 뉴스 전문 방송 채널 등에서 자신을 반겼다.

'마음 같아서는 다 두드려 팬 다음에 집으로 돌아가고 싶지만……'

인터뷰 요청을 모두 거절하는 것만이 능사가 아니다. 때로는 적당히 응대할 필요가 있었다.

"누구지?"

"연예인인가?"

"연예인은 아닌 것 같은데…… 너무 평범하잖아."

더불어 공항에 일어난 소란 때문에 지나가던 사람들의 시선도 받게 된 지우였다.

"그리 긴 시간은 내줄 수 없으니 이해해 주시기 바랍니다."

도중에 멈춰 선 지우는 최대한 가식적인 미소를 보여주면서 취재에 응했다.

'어디보자…… 삼대 방송사 모두 있구나. 좋아.'

과거, 방송화류협회 사건 덕분에 지우는 대한민국 방송계의 몇몇 거물들의 약점을 잡을 수 있었다.

그중에는 당연 삼대 방송사의 간부도 한 명씩 있었으며, 가끔씩 곤란할 때마다 협력을 받곤 했다.

'설사 인터뷰를 실수한다고 해도, 그들이 알아서 서포트해 주겠지. 아주 좋아.'

방송화류협회의 회원들이 워낙 막장 짓을 많이 했고, 그 뒤에 흑막으로 있던 김효준이 수많은 증거를 지니고 있어서 그들의 약점을 잡고 마음대로 쥐락펴락할 수 있었다.

터무니없이 많은 돈이나, 혹은 인생을 끝낼 만한 부탁을 하지 않는 이상 그들은 모두 자신에게 손바닥을 비비면서 눈치를 보고 부탁을 들어주려 노력할 것이다.

지우는 일부러 유리한 상황을 만들기 위해서, 삼대 방송사의 기자들만 상대했다.

"어디보자······ 우선 KCB의 기자 분부터 말씀해 주시겠습니까."

"감사합니다. KCB의 나대기 기자입니다."

삼십 대 남성, 나대기가 두 눈을 반짝이면서 반색했다.

온 국민, 아니 전 세계의 사람들이 관심 있어 하는 사건이다 보니 질문 하나하나가 중요하고, 그에 관련된 답변을 받는다면 나대기는 실적을 크게 올릴 수 있었다.

"워낙 유명해서 말할 필요도 없지만, 정지우 대표님께서는 당시 하얼빈에 있었다고 하셨는데요. 혹시 당시 사고 현장에 계셨는지요?"

'침착. 침착.'

인터뷰를 해 본 적도 없었고, 이렇게까지 많은 사람들에게 주목을 받은 적이 없었다.

자칫 잘못했다가 자신의 사업장의 주가를 떨어뜨릴 수도 있다는 생각에 지우는 최대한 평정을 유지하려 노력하면서 인터뷰에 응했다.

"아니오, 그날 저는 업무 때문에 하얼빈국제공항에서 러시아의 하바로프스크로 출국하기 위해서 비행기에 오르던 참이었습니다. 하얼빈이 본격적으로 난리가 났을 때 저는 이미 빠져나왔었거든요."

"그렇다면 사고 현장에 안 계셨다는 말씀인가요?"

"예."

알렉산드라와 자오웨가 손을 써둔 덕분에 알리바이는 충분했다. 그 외에 A.A의 힘도 이용했다.

"소식을 듣게 된 것은 언제였습니까?"

"이륙하고 얼마 지나지 않아서 사람들이 스마트폰을 들고 수군거리더군요. 그래서 저도 뭔가 해서 확인해 봤고, 소식을 듣게 됐습니다."

"이번 사태에 대해 어떻게 생각하십니까?"

"우선 가장 먼저 사고에 휘말리신 분들에게 위로의 말씀을 드립니다. 또한 크게 다치신 분들도 계셨다고 들었습니다. 하루라도 빨리 쾌차하셨으면 합니다."

주변에 있던 기자들이 각자 메모장, 스마트폰, 노트북 등을 이용하여 인터뷰 내용을 빠르게 기록하고 갱신했다.

"또한, 이번 하얼빈 사태로 인해 부상 받은 분들이 육체적, 정신적 고통을 치료할 수 있도록 한화로 5억 원을 기부하려고 합니다. 도움이 됐으면 좋겠군요."

기부금을 내겠다는 말에 주변에서 탄성과 함께 플래시가 터져 나왔다.

사고 현장에 있었던 것도 아니고, 그렇다고 중국의 국민도 아닌데 기부금을 내겠다고 하다니. 그것도 5억 원이라면 결코 적은 돈이 아니다.

참고로, 하얼빈 사태에서 레드 마피아를 제외하고 민간인 사망자는 기적적으로 나오지 않았다. 아니, 사실은 결코기적이 아니었다.

당시 알렉산드라는 일반인이 휘말리지 않도록 여러모로손을 써두었다. 그중 이번 사태를 일으킨 걸로 알려진 레드마피아들이 일반인들의 피난을 도왔다.

"그리고…… 방송을 통해서 러시아의 레드 마피아가 이일의 중심이라는 걸 알게 됐습니다. 고작 이권 다툼 때문에하얼빈을 쑥대밭으로 만들다니, 그들은 결코 용서받지 못할 것입니다. 레드 마피아는 인간 이하, 아니 짐승 이하의존재들입니다."

지우는 최대한 모멸감을 담아 레드 마피아를 비난했다.

그 대목에서 다시 한 번 플래시가 터졌고, 이 자리에 있는 기자들은 감명 받은 표정을 지었다.

만약 자오웨가 이걸 방송으로 보고 있다면 깔깔 웃으면서 박수를 치고도 남을 광경이었다.

"정지우 대표님, CBM의 장연수 기자입니다. 두렵지는않으십니까?"

이십 대 후반, 혹은 삼십 대 초반 정도로 보이는 여성 기자가 손을 들고 물었다.

"무슨 뜻인지 다시 한 번 물어봐주시겠습니까?"

"정지우 대표님께서는 분명 업무 관련으로 러시아에 가셨다고 하셨는데, 그렇다면 앞으로도 러시아에 종종 출장을 가시지 않나요?"

"예."

"알다시피 레드 마피아는 러시아의 마피아로 유명한 범죄조직입니다. 이렇게 방송에서 공개적으로 그들을 비난하셨으니, 러시아에 갔다가 테러를 받으실 가능성이 다분한데…… 그게 무섭지 않나 해서요."

장연수 기자는 진심으로 걱정하는 표정을 지었다.

그녀는 실적을 올릴 기사 때문이기도 했지만, 로드 양로원 등 대한민국 사회를 나름대로 개선하고 봉사한 정지우 대표가 진심으로 걱정됐다.

방송에서 레드 마피아를 비난하는 건 용감하고 대단한 일이긴 하지만, 자칫 잘못했다간 죽는 수가 있다.

'찝찝하네.'

하지만, 그 질문은 정말 쓸데없는 질문이었다.

앱스토어의 힘을 보유한 고객이 아무리 약하다고 해도

한낱 범죄조직(?)에게 당할 리가 없었다.

아니, 애초에 이번 사태의 원인으로 알려진 레드 마피아 는 자신의 동맹이니 공격당할 리도 없었다.

물론 알렉산드라의 수하에 있는 레드 마피아만 통용되는 것이지만.

"도시 한복판에서 총기를 난사하고, 헬리콥터까지 동원 한 범죄조직을 누가 안 두려워하겠습니까? 하지만 저는 사 람이라면 해야 할 말을 했을 뿐입니다."

두렵지 않다고 하면 허세로 보일 것 같아서 애매하게 말 을 잘라내서 얼굴에 철판을 깔고 적당히 돌려 말했다.

하지만 이 발언 덕분에 지우의 이미지는 한층 더 상승하 게 됐다. 언론과 국민들도 상당히 감명 받았다고 한다.

물론 모든 것이 거짓에 쌓여 있었지만.

"정지우 대표님, 안녕하십니까. SBK의 기자……."

"죄송하지만 인터뷰는 이걸로 끝내겠습니다. 비록 사건 현 장이 휘말리지 않았지만, 외국에 있을 때 업무로 인해 제가 좀 시달렸거든요. 긴 여행에 지치기도 했고요. 죄송합니다."

지우는 쓰게 웃으면서 인터뷰를 거부하고 공항 바깥으로 빠져나가려고 시도했다.

"자, 잠시만요!"

삼대 방송사 중 하나만 인터뷰하지 못했다. SBK의 기자는 다른 기자보다 더 끈질기게 지우에게 취재 요청을 하려 했으나, 그러지 못했다.

세이렌 엔터테인먼트에서 보낸 경호원들이 기다렸다는 듯이 날아와서 취재진들을 밀어내고 지우를 둘러싸서 그를 보호했다.

결국 더 이상의 취재는 불가능했고, 지우는 준비된 차량에 올라 공항을 유유히 빠져나갔다.

*　　　*　　　*

로드 카페 본점.

"와, 혀에 기름칠이라도 했나. 말 잘하네요."

휴게실에서 로드 버거를 입 안에서 우물우물 씹고 있던 요정 중 하나가 벽걸이형 텔레비전에 시선을 고정한 채 중얼거렸다.

"어휴, 저 인간도 얌전히 좀 지냈으면 좋겠습니다. 안 그래도 인간이 지겹도록 많은데, 저 사건 터지고 사람들 엄청 몰려왔잖습니까?"

이번에는 다른 요정 중 하나가 무척 성가신 표정으로 의견을 꺼냈다.

현재 텔레비전을 보고 있는 요정들은 많지는 않았지만, 그래도 적은 편은 아니었다.

"너무 많은 주목을 받았다간 물질계에서 강제적으로 쫓겨나고, 요정왕 그 아저씨도 일 똑바로 안 한다고 화난다고요. 존재력을 낮추느라 혼났어요."

로드 기업은 로드 카페로부터 시작된 기업이기 때문에, 당연히 세이렌과 양로원보다 많은 취재진이 몰려왔다.

점장인 님프를 포함하여 직원들인 요정에게 인터뷰가 쇄도할 뻔했지만, 요정들은 미리 눈치를 채고 존재력과 아우라를 바닥까지 낮춰서 은신했다.

취재해야 할 대상들이 제대로 인식이 되지 않으니, 기자들도 머리를 갸웃하면서 혼란이 찾아왔다.

요정들은 그 틈을 노려서 기자들에게 커피를 마시게 한 뒤에 신사적으로 돌려보냈다.

"사고를 끌고 다니는 검은머리의 황인…… 엔디리온의 그 인간이 떠오르네."

숲을 연상시키는 녹빛 눈동자, 그리고 눈부시게 밝은 금발에 뾰족한 귀가 특징인 미녀의 요정이 중얼거렸다.

"……."

한쪽에서 맥주를 마시고 있던 님프가 눈동자만을 굴려 금발녹안의 요정을 쳐다보곤 물었다.

"베니드 대륙 출신의 엔디리온의 엘프냐?"

"맞아, 점장님."

엘프가 존대인지 반말인지 모를 애매한 말투로 답했다.

님프가 살짝 호기심이 동한 표정으로 엘프에게 물었다.

"점장님 말대로지만, 우리에게 인정받은 인간이 딱 한 명 있어. 처음 만났을 때는 평범한 인간인 줄 알고 약탈하려 했는데, 아니더라. 엔디리온의 폴리엄을 구하려고 온 인간이었는데 노르누와 세계수에게도 인정을 받은 인간이야. 다만 이름도 가르쳐 주지 않고 사라져서 그 이후에는 어떻게 됐는지는 잘 몰라."

엘프라면 평화와 숲을 사랑하고, 온순한 성격을 가진 종족이다. 그런 엘프가 약탈을 하려고 했다니, 뭔가 맛이 간 모양이었다.

"흐응."

엘프의 친절한 설명에 님프는 더 이상 묻지 않았다. 단순한 호기심에 물었던 것뿐이지, 크게 궁금한 것은 아니어서 그렇다. 그저 단순하게 '그런 일도 있었나.' 하고 넘어갔다.

"그나저나, 저 인간도 많이 변했어."

요정 중 누군가가 말했다. 본점에 있는 요정들은 최근에 합류한 이들이 아니기에, 로드 카페를 처음 세웠을 때부터 지우를 지켜봤던 장본인들이기도 했다.

"그래, 많이 변했지."

님프답지 않게 쓰게 웃으며 맥주를 탁자 위에 올려두었다. 그녀의 시선에는 지우의 모습이 비춰졌다.

"정말 많이 변했어."

그건 성장했다는 의미일까?

아니면 타락했다는 의미일까?

"변했지만, 그렇다고 싫어하진 않을 거잖아."

누군가가 말했다.

"인간들에게 잊혀져서 쫓겨났는데도 여전히 좋아하는 우리니까."

"게다가 또 그걸 그리워해서 이곳에 왔고."

"맞아요, 이런 걸 뭐라 하더라…… 호갱님?"

"틀려, 멍청아."

제3장

사람들이 참 너무하네

　　주변 사람들에게 걱정을 끼치는 건 미안하면서도 한편으로는 기분 좋은 일이다.

　　그만큼 자신을 생각해 주는 사람들이 있다는 의미니까.

　　한국에 귀국한 뒤, 정말 많은 연락이 왔다.

　　— 지우 씨, 정말 다치신 곳 없으세요?

　　"예에. 없는데요. 인터뷰 안 봤어요?"

　　— 아뇨, 보긴 했지만 그래도 걱정되는걸요. 게다가 지우 씨라면 주가 떨어진다고 무리해서 숨길 수도 있으니까요.

　　"시비 걸려고 연락한 거 아니죠? 여보세요?"

윤소정은 정말로 많은 걱정을 했는지, 방송 녹화 일정까지 취소했다.

나중에 들어 보니 그녀는 위약금을 지불했을 뿐 아니라 방송 관계자들 하나하나 찾아가서 사과를 했다고 한다.

하지만 대부분 사람들은 기분 나빠하기는커녕 부담스러워하는 반응을 보였다.

윤소정이라 하면 김효준, 아니 그 이상으로 이름을 높인 한류 스타다. 그 정도 되는 지위라면 갑의 횡포를 부려도 뭐라 할 수 없을 텐데, 위약금을 지불했을 뿐만 아니라 사과까지 하고 다니니 사람들이 이런 반응을 보이는 것도 이상한 일이 아니었다.

게다가 사실 개인 사정도 아니고, 소속사의 대표 이사가 테러에 휘말릴 뻔했고 그게 걱정되어 취소된 일.

욕을 먹기는커녕 마음씨가 곱고 착하다고 칭찬을 받았다.

물론 좋은 쪽이 아니라 나쁜 소리를 아예 안 들은 것도 아니다.

몇몇 기자들은 이 소식을 듣자마자 필요 이상으로 관계가 깊은 건 아닐까 하면서 쓸데없는 스캔들과 악성 루머가 담긴 기사를 냈지만, 대부분이 욕을 먹고 묻혔다.

대표 이사인 정지우나 가희인 윤소정이나 둘 다 한국 언론에선 이미지가 굉장히 좋기 때문이었다.

특히 지우의 경우 이번 일로 5억을 기부한 덕분에, 이미지가 더욱 좋아져 사람들에게 큰 호평를 받았으니, 일종의 까임 방지권을 받게 됐다.

그래서 몇몇 신문사나 방송사에서는 이런 루머를 퍼뜨린 기자나 파파라치를 크게 비판하는 기사로 답변했고, 세이렌도 악성 루머에 법적 대응으로 강력 대응할 것이라고 엄벌을 내놓았다.

"예, 여보세요. 인터뷰로 멀쩡한 모습을 보였지만 사람들이 믿어주지 않는 정지우입니다."

— 지우 씨, 괜찮으세요?

"예예."

지우는 슬슬 자동응답기에 녹음을 해야 할까 고민했다.

— 지우 씨라면 주가……

"떨어진다고 무리해서 숨겼을 같다고요? 사람들 참 너무하시네."

— 그러지 말고 저랑 함께 병원 가서 정밀검사라도 받아봐요. 저희 계열사의 병원은 한국 최고랍니다.

"저는 정말 괜찮습니다."

만약 한국 최고의 병원에서 정밀검사를 해서 자신의 육체에 대해서 알려지기라도 하면 곤란하다.

초능력 때문에 평범한 인간의 육체라는 것이 아니라는 것이 발견되면, 신문에 대놓고 '로드 기업 대표 이사, 사실은 외계인?' 이라고 대문짝하게 기사가 날 것이다.

또한 그렇게 된다면 언컨쿼러블이나 디스페어 등에게 '저는 기적의 앱스토어의 고객입니다!' 라며 대놓고 광고하는 꼴이었다.

"그것보다 제가 없는 동안 카페는 잘 운영되고 있나요?"

— 지우 씨, 지금 그런 푼돈벌이를 신경 쓸 때가 아니에요. 지금은 지우 씨의 건강을 조금이라도 챙겨야 한다고요!

"뭐요?"

부들부들!

로드 기업의 전신이 푼돈벌이가 됐다.

역시 금수저, 아니 다이아수저는 차원이 다르다.

— 이사님, 박영만입니다. 방송 확인했습니다.

"얘기하지도 않았는데 미리 차를 보내주셔서 감사합니다. 덕분에 살았어요."

— 아닙니다, 당연히 해야 할 일인걸요.

이래서 박영만을 예뻐할 수밖에 없었다.

세이렌의 경영자로서 바쁠 텐데도 자신이 곤란할 것 같으면 귀신같이 눈치를 채고 도우러 온다.

만약 박영만이 혼인을 하지 않았고, 자신에게 딸이 있었더라면 사윗감으로 삼아도 나쁘지 않을 정도다.

"아, 그리고 제가 바빠서 보고서를 못 봤는데, 소정 씨의 중국 진출 건에 대해서 좀 가르쳐 주시겠습니까?"

약 삼 주 전, 자오웨에게 하얼빈에게 와달라는 요청을 받았을 때 즈음의 보고가 마지막이었다.

그때의 기억에 의하면 윤소정이 중국의 한 오디션을 본다고 했었다. 그 외에도 하우쉔이 광고도 해 준다고 했고.

그 안건이 어떻게 됐는지 궁금해진 지우였다.

— 당시 오디션은 당연히 합격, 그 이후로도 중국에서 황금 시간대 예능 프로그램, 음악 방송 모두 출현했습니다.

참고로 윤소정 역시 중국에 갔었지만, 하얼빈 전쟁이 있었던 날에는 마침 한국에 있어서 사고에 휘말리지 않았다.

어차피 대부분 일은 북경에서 행해져서 딱히 사고에 휘말릴 일도 없었지만.

— 게다가 대표님께서 5억 원을 기부하신다는 소식에 덩달아 소정 씨도 주목받아 대박이 났습니다.

'좋았어!'

지우는 쾌재를 부르며 좋아했다.

그가 5억 원을 괜히 기부금으로 내놓은 것이 아니다. 하얼빈의 일반인들에 대한 미안함 때문이기도 했지만, 이를 노려서 자신을 향한 여론을 좋게 만들 생각과, 마침 중국에 진출한 윤소정의 광고를 위해서이기도 했다.

— 저, 그런데 대표님.

"내 몸이 괜찮냐고 물어본다면 제주도 여행권을 당신 눈앞에서 찢어 버릴 거야!"

— ······.

박영만과의 연락이 끝난 뒤, 다시 또 전화가 왔다. 덕분에 배터리 소모가 장난이 아니었다.

"예, 여보세요. 몸과 정신에 눈곱만큼도 문제가 없으며, 주가 떨어질까 봐 거짓말을 한 것도 아닌 정지우라고 합니다. 참고로 정밀검진은 받지 않아도 괜찮습니다."

— 주가가 떨어질까 봐 거짓말을 하다니, 누가 그런 소리 합니까?

이번에 전화를 한 사람은 다름 아닌 로드 양로원에서 지우를 대신해 원장을 맡고 있는 심청환이었다.

— 저희 대표님처럼 돈에 욕심이 없으시는 천사님이 또 어디 있습니까? 어떤 분들인지는 모르겠지만 참으로 무례

하신 분들이군요!

"……."

생각보다 정말 귀찮은 사람에게서 연락이 왔다.

지우가 가족과 김수진 다음으로 함부로 대하지 못하는 사람이 바로 심청환이다.

봉사 지수 천사에, 성실도와 성향 모두 동그라미를 받아 자타공인의 선인(善人)이었다.

참고로 심청환을 포함하여 양로원의 사회복지사들은 지우가 하얼빈에서 사고를 당했을지도 모른다는 소식을 듣자마자 발을 동동 구르면서 잠도 제대로 못 잤다고 한다.

계측펜 시리즈로 고용한 사람들인지라 다들 착한 측에 속해서, 마음씨가 참 좋았다.

특히 그들은 지우의 본모습을 모르는 걸 넘어서 수많은 오해와 착각 속, 아니 일그러진 수준으로 생각하고 있었다.

— 하얼빈 사태에 휘말리지 않으셔서 천만다행이십니다. 게다가 그 당시에 있었던 것도 아닌데 기부를 하시다니…… 정말 대단하십니다. 존경합니다.

전화기 너머로 진심이 느껴졌다. 그게 정말로 진심이라 곤란했다.

"쿨럭!"

피를 토하는 심경이었다.

손가락과 발가락은 오징어처럼 말려들어갔다. 속이 느글거리고 몸 전체가 오글오글거렸다.

"감사…… 합니다……."

— 그런데, 대표님. 비록 사건에 휘말리시지는 않았지만 그래도 많이 놀라시지 않았습니까? 몸은 괜찮…….

"어어, 왜 이러지. 갑자기 소리가 안 들리네요. 치지직!"

— 대표님?

"핸드폰 상태가 많이 안 좋나 보네요. 치지직! 나중에 뵙겠습니다! 치지직!"

기본적으로 착한 사람 앞에선 신성 마법에 걸린 언데드마냥 꼼짝도 하지 못하는 지우는 더 이상 참지 못하고 전화를 끊어 버렸다.

'어휴, 걱정을 많이 받아도 문제네.'

이후에도 온갖 신문사, 방송사에서도 인터뷰 요청 등이 비처럼 쏟아져 내렸다. 덕분에 노이로제가 걸릴 정도였다.

이에 지우는 박영만과 심청환 등 믿을 만하고 자신을 대신할 수 있는 사람들에게 대충 떠넘겨버렸다.

언컨쿼러블이나 디스페어 등, 신경 쓸 일이 아직 산더미처럼 남았고, 하얼빈 전쟁에서의 피로도 아직 풀리지 않았기 때문이다.

왜 연예인이나 기업인들이 기자들을 보면 질색하는지 알 것 같은 기분이었다.

* * *

"워, 여기가 이사한 집이구나."

지우는 신기한 듯, 가족의 새 보금자리를 정신없이 구경했다. 하얼빈으로 떠나기 전, 지우는 부모님에게 효도를 해보려고 집도 한 채 사드렸다.

평수는 약 오십여 평 정도로, 정원까지 딸린 이 층으로 된 주택이었다.

원래는 좀 더 으리으리한 집을 사드릴까 했지만 부모님이 식겁하면서 그렇게까지 할 필요는 없다고 해서 참았다(?).

토지 합해서 몇십 억은 가볍게 나갔지만, 가족에게 쓰는 돈이라 아깝다는 생각은 전혀 들지 않았다.

"에휴, 넓어서 좋긴 하지만 청소하기가 정말 힘들더라."

어머니가 접시 위에 담긴 사과를 건네주며 말했다.

"가정부라도 고용하지 그래요?"

"가정부는 무슨, 불편해서 못 산다. 어차피 내가 직장에

나가는 것도 아니니까 좀 힘들어도 할 수 있으니 괜찮단다."

어머니는 피식 웃으면서 손사래를 쳤다.

"네 엄마 말대로다. 그리고 우리 돈도 아니고, 네 돈으로
사 준 집인데 더 이상 폐 끼치는 것도 싫구나."

아버지가 미안한 표정으로 말을 덧붙였다. 아무래도 아
직까지도 집을 사준 것이 많이 부담스러웠던 모양이었다.

"에이, 그래도……."

"……오빠, 괜찮아. 저번에도 말했지만 끈질기면 여자에
게 인기 없어."

"꽥!"

하나밖에 없는 여동생의 독설이 비수가 되어 심장을 꽂
았다. 가슴이 다 시릴 정도다.

"네 동생 말대로란다. 돈이 많은데도 여자 하나 데려오
지 않는 걸 보면……어휴, 내 아들이지만 정말 답이 없다."

어머니는 혀를 차면서 머리를 좌우로 절레절레 흔들었
다.

"크, 크흠! 지우도 생각이 있겠지."

한소라를 떠올린 아버지가 그래도 같은 남자라고 변호해
줬다. 하지만 애석하게도 어머니에게는 씨도 안 먹혔다.

"생각이 뭐가 있겠어요. 딱 보니 '내가 좋아? 일이 좋

아?' 라고 물어보면 '일?' 이라고 대답할 놈인데."

"어, 엄마. 아무리 그래도……."

"떽! 잔소리 듣기 싫으면 여자 한 명 데려와. 그렇다고 아무 여자는 말고!"

어머니가 포크로 지우의 말을 끊듯이, 빛에 반사되어 반짝이는 포크를 지우에게 겨누고 쌍심지를 켰다.

"주변에 여자도 없어요……."

있다. 아니, 은근히 많다.

"참나, 네 아빠랑 나는 학창 시절부터 인기도 많았는데 넌 왜 그럴까……."

정말인지 아닌지는 모르겠지만 부모님 두 분 다 젊은 시절부터 상당히 인기가 많았다고 한다.

사실 지하를 보면 수긍이 안 가는 이야기는 아니다.

"저…… 그런데, 아버지. 엄마."

"왜?"

아버지는 시선만 힐끗 돌렸고, 어머니는 다시 머리를 갸웃 하고 기울이면서 아들의 부름에 답했다.

"괜찮다고 안 물어보시네요?"

한국에 귀국한 이후로, 자신을 아는 사람들은 모두 입을 모아서 괜찮냐는 질문을 질리도록 했다.

그런데 가족들은 지우가 방문했을 때, '어서와. 고생했지?'라는 말 정도만 하고 넘어가서 궁금했다.

"사태가 터지자마자 네가 우리한테 문자로 다 보냈잖니."

어머니는 피식하고 웃으며 포크를 식탁 위에 올려두었다.

"그리고 너는 네 아빠를 꼭 닮아서 어릴 때부터 정말 힘들거나 곤란한 일이 있으면 항상 말하지 않았단다. 네가 직접 괜찮다고 사정을 설명하며 걱정하지 말라는 건, 정말 괜찮다는 뜻이야."

"크, 크흠!"

옆에 있던 아버지가 헛기침을 했다.

"엄마……."

확실히 가족은 가족, 그리고 어머니는 어머니였다.

*　　　*　　　*

"돈으로 가족을 보살핀다고 다가 아닐세. 곁에 있어주게. 곁에 없다면, 모든 가치는 소용이 없……쿨럭쿨럭!"

머릿속으로 세르게이의 죽음이 몇 번이나 재생됐다. 그

만큼 그의 죽음은 다른 앱스토어 고객들의 죽음보다 다소 충격 — 아니, 인상적이었다.

'어쩌면 나도…….'

세르게이와 그에게는 약간이나마 닮은 점이 하나 있었는데, 바로 가족을 무척 사랑하고 챙긴다는 점이었다.

물론 지우의 경우 세르게이처럼 무조건적인 희생을 하는 것은 아니었으나, 그래도 나름 일맥상통했다.

특히 지금까지의 만나 봤던 고객들이 그런 모습을 보이지 않아서 그런지, 기억에 더 많이 남았다.

'내 가족들도 그렇게 막장이었으면 나도 그랬을까?'

자신이 가족들을 챙기는 것은 가족 간의 정 때문이기도 했지만, 그만큼 부모님과 여동생이 좋은 사람이기 때문이었다.

만약 세르게이처럼 부모님은 서로 몰래 바람이 나고, 여동생은 마약중독자 등이었다면 어땠을까?

과연 세르게이처럼 희생하면서 가족들을 위했을까?

"……."

세르게이가 남기고 간 말 때문일까, 지우는 그가 죽는 것을 마지막으로 확인한 뒤에 곧바로 한국에 있는 가족들에게 문자로 사정을 설명하고 안심시켜줬다.

그리고 공항에서 인터뷰를 처리하고, 주변 사람들과 통화로 연락을 대체하고 본가로 날아오다시피 했다.

'확실히, 세르게이의 말이 맞아.'

돈으로 가족들을 보살핀 것이 나쁘다는 것은 아니다. 다만, 그게 다가 아니라는 뜻이었다.

그 결과 세르게이의 아내는 남편의 부재 때문에 외로움을 느끼고 다른 남자와 외도를 했다.

자식들 역시 일 년에 한두 번밖에 오지 않는 아버지를 아버지라 생각하지 못하고 어색해한다 싶더니, 이윽고 돈만 꼬박꼬박 송금해오는 아저씨라고 생각하게 됐다.

즉, 아무리 가족들을 위해서라고는 해도 결국 곁에 없고 시간을 함께하지 않으면 소용이 없다는 뜻이었다.

'절대 돈을 우선시하면 안 돼. 가족을 우선으로 하자.'

다시 한 번 마음을 바로잡는 지우였다.

'자, 그럼…… 가족들이랑 오순도순 시간도 보냈으니, 앞으로 할 일을 생각해 볼까.'

사업 관련으로는 문제없이 진행되고 있었다. 특히 방송을 타고 난 뒤, 전국에서 로드 카페나 로드 버거의 체인점 문의가 폭발적으로 들어왔는데 그 숫자가 무려 삼십이었다.

"음. 이제 나 혼자로는 무리다. 손이 부족해."

이제 로드 카페와 로드 버거의 규모는 걷잡을 수 없을 정도로 커졌고, 지금도 계속해서 성장하고 있었다.

서울에 있는 분점들이야 리즈 스멜트가 투자한 것이고, 한소라가 대신 감시 겸 관리로 내려왔으니 그녀에게 맡겨도 상관없었다. 하지만 그 외의 체인점 관리는 그럴 수 없었다.

중국과 제주도 지점도 그렇지만, 이제 국내 각지에서도 매출 등 여러 가지 사안의 보고가 올라올 것이다.

문제는 이걸 모두 처리하기에는 지우가 능력이 부족하다는 점이었다.

"어휴, 경영의 요정이 있었더라면 참 좋았을 텐데."

시간이 날 때마다 이차원용병 목록을 슥 훑어보면서 혹시 경영자로 쓸 만한 요정이 없을까 찾아보았지만 존재하지 않았다.

하긴, 접대조차 할 수 있는 요정들이 없어서 일일이 가르쳐야 할 수준인데 경영 같은 고급 능력이 있을 리가 없었다.

혹시 하는 마음으로 님프에게 부탁을 해봤지만, 즉답으로 거절당했다.

"안 돼."

"왜인지 물어봐도 될까요?"

"예전에 내가 요정은 필요 이상으로 주목받아선 안 된다고 분명히 말했는데, 또 물어보는구나. 괜찮다면 네 두개골을 열어서 내가 친히 치료해 주려고 하는데 괜찮을까?"

"하하하. 나중에 뵙겠습니다."

이로써 설사 경영 능력을 지닌 요정이 있다고 해도 고용할 수 없게 됐다.

카페 한두 개라면 모를까, 대기업 하나를 맡아서 경영한다는 건 너무 많은 주목을 받으니까 말이다.

"후우. 어쩔 수 없지. 도움을 받을 수밖에."

그는 박영만에게 전화해서 혹시 신뢰할 만하고 능력이 좋은 경영자 좀 알아봐달라고 부탁했다.

박영만은 각종 행사나 모임 등에 참여하다 보니 상당한 인맥을 가지게 됐다. 특히 자신을 대신하여 간 모임도 제법 많아서, 한국의 거물들과도 친분을 맺었다고 한다.

— 알겠습니다. 저만 믿어주십시오.

슬슬 박영만이 모 일본 만화에서 노 씨가 어려울 때마다 찾는 만능주머니 고양이 로봇처럼 취급되고 있었다.

'그리고…….'

사업 관련 업무는 대충 처리했다. 로드 카페, 버거는 자신을 대신할 경영자를 구하면 되고, 양로원은 심청환을 비롯한 유능한 사회복지사들이 처리하고 있다. 세이렌이야 박영만과 윤소정이 알아서 돈을 들고 오니 최상이었다.

그렇다면 남은 일은 이제 하나.

'언컨쿼러블, 디스페어.'

자칭 정의의 조직과 악의 조직에 대한 처신이었다.

다행히도 이 두 단체는 알렉산드라에 대해서는 알아도 자신들에 대해서는 모르니, 유리한 건 이쪽이었다.

'한 달 뒤에 알렉산드라가 정보를 들고 오겠다고 하니 일단은 기다리면 될 테고…….'

알렉산드라는 언컨쿼러블과 디스페어에 대한 정보를 각각 하나씩 알고 있었다. 바로 몇 년 전, 그녀에게 찾아왔던 연락책들이었다.

그녀는 그동안 만들어 두었던 정보 체계로 그 두 명에게 은밀히 접근해서 정보를 얻어오겠다고 했다.

앱스토어의 정보 시스템을 이용하면 그들이 자신들의 존재를 눈치챌 것 같아서였다.

'그들이 우리에 대해서 몰랐으면 좋을 텐데…….'

하얼빈에서의 일이 마음에 걸렸다.

워낙 화려하게 사고를 쳐버렸으니, 언컨쿼러블과 디스페어 쪽에서 이상하게 생각할지도 모른다.

다행히 알렉산드라와 자오웨가 열심히 정보 조작과 언론 통제를 해 뒀지만, 그래도 혹시 모르는 일이다.

상대는 일반 사람들이 아니라 앱스토어의 고객들끼리 모인 조직이니까.

'부디 눈치채지 못하길 바랄 수밖에.'

다행히 레드 마피아는 원래 예로부터 온갖 막장 짓을 저지르는 것으로 유명한 범죄조직이었다.

흔한 건 아니지만, 도시 한복판에서 총격전을 하고 폭탄을 터뜨리는 일 등이 아예 없는 건 또 아니다.

'이제부터 긴장 놓지 말고 정신 똑바로 차리자.'

*　　　*　　　*

"선물."

"끄응."

"선물, 내놓으라니까."

"그게 사고에 휘말릴 뻔했던 사람에게 할 말이야?"

"하지만 약속했잖아?"

김수진은 씩—하고 짓궂은 미소를 입가에 그려내면서 손바닥을 보였다. 있지도 않은 선물을 내놓으라는 뜻이었다.

"그래서 대신 데려왔잖아, 테마파크."

꺄아아아아—!

말이 끝나기 무섭게 곳곳에서 사람들의 비명 소리가 터졌다. 롤러코스터를 탄 사람들의 비명이었다.

"좋아. 특별히 용서해 줄게."

하얼빈으로 출장을 갈 당시, 지우는 김수진에게 기념 선물을 사오겠다고 약속했다.

그러나 알다시피 하얼빈 사태가 워낙 커지는 바람에 그만 깜빡하고 사오지 못한 것이다. 하바로프스크에서도 세르게이의 장례 등 신경 쓸 것이 많아서 까맣게 잊어버리고 있었다.

"그나저나, 여기도 참 오랜만이네. 예전에는 그래도 일 년에 두 번 정도는 꼬박꼬박 왔었는데."

김수진은 새삼 반갑다는 듯 주변을 둘러보면서 회상에 잠겼다. 중고등학생 때나 대학교 저학년 때는 친구들과 자주 놀러왔지만, 3학년이 된 이후로는 졸업 과제다 취업 준비다 바빠서 한동안 놀러오지 못했다.

대학교 졸업 이후에도 공부와 취업 준비를 병행하느라 테마파크는커녕 놀러 다니는 것 자체가 부담스러웠다.

"예전에 나랑 여기에 왔던 거 기억나?"

"잊을 리가 없지. 정말 끔찍했어."

머릿속으로 스쳐 지나가는 안 좋은 기억들!

몇 년 전, 그러니까 아직 군대에 입대하기 전 이제 막 대학교를 다니면서 김수진과 친해졌을 때였다.

그녀와 함께, 아니 그녀에게 끌려 다니면서 쇼핑도 가고 영화관을 가는 등 여러 곳을 가봤다. 테마파크도 그중 한 곳이었다.

언젠가 김수진이 공짜 표가 생겼다고 표를 구해 와서 냉큼 따라가 봤지만, 남은 건 후회뿐이었다.

"놀이기구 하나 타려면 최소 삼십 분에서 한 시간 이상을 기다려야 하지. 게다가 여기서 파는 음식이나 한 번 사면 쓸데도 없는 기념품은 터무니없이 비싸서 턱이 다 빠질 정도였어."

"난 그때 네가 테마파크에 처음 왔다는 것이 더 놀라웠어."

김수진은 아직도 그때 생각을 하면 어이가 없는 듯, 헛웃음을 내뱉었다.

"왜, 그럴 수도 있지. 학창 시절에 친구가 없었으니 테마파크에 놀러간다고 해도 혼자 놀 수밖에 없잖아. 그러느니 차라리 집에서 뒹굴면서 시간을 때우는 게 이득이라고."

"너 예전에 핸드폰 보니까 적긴 해도 연락처에 친구들

이름 있던데, 걔네는 뭐야?"

"연락처만 등록하는 사이 있잖아. '친해?' 라고 물어보면 '으음.' 하고 망설이게 되는 사이."

"아아……."

백왕교로 자신을 팔아 넘겼던 천하의 개새끼 김조영을 예로 들 수가 있다.

지우가 친구가 없다고 하지만, 아는 사람이 아예 없는 건 아니었다. 학창 시절에도 나름대로 번호 교환을 했고 그럭저럭 알고 지내던 이들도 있었다.

문제는 정말 '그냥저냥 아는 사이' 라서 반이 바뀌거나 학교를 졸업하면 단 한 번도 연락하지 않았다는 점이지만 말이다.

"이런 말하기 뭐하지만 너 정말 불쌍하구나……."

"……."

뭔가 반론을 하고 싶어도 반론을 할 수가 없어서 슬펐다.

"할 수 없이 불쌍한 널 위해 이 누나가 놀아줘야겠네. 쿡쿡."

김수진은 지우의 팔을 이끌고 여러 놀이기구를 타러 갔다.

먼저 자이로드롭.

'음. 국내 최고의 높이라고 해도 세르게이에게 맞고 날

아갔던 것보다는 낮네. 별로 높지도 않구나.'

하얼빈에서 하늘 높이 치솟아올라 화강암 바닥으로 내팽개쳐져서 데굴데굴 굴렀던 것이 반사적으로 떠올라 자연스럽게 비교하게 됐다. 옆에선 다들 비명 지르고 난리였는데, 지우의 표정에는 어떠한 변화도 없었다.

롤러코스터도 바이킹도 비슷한 이유였다.

애초에 이런 절규계 놀이기구는 '떨어지면 어쩌지?' 라는 공포감에서 스릴을 느껴야 제맛이다.

하지만 그는 이미 그러한 일을 겪은 데다가, 놀이기구를 타다가 날아가도 딱히 죽거나 하지 않으니 전혀 무섭지 않았다. 정말 재미없는 놈이다.

"어때?"

"음, 재미있었어. 나름대로 괜찮더라. 특히 회전목마가 인상적이었어."

"……회전목마가 왜?"

그녀는 대체 이 인간이 또 얼마나 터무니없는 말을 할까 불안해했다.

"사회 조직을 대신하는 회전기구, 그리고 그 구성원인 목마같잖아."

"그건 또 뭔 미친 소리야?"

김수진이 입을 떡 버리고 어이없는 표정을 지었다.

"남이 시키는 대로 회전만 할 뿐인 삶이며, 또 그 사이에서 손님 — 짐을 내리면 다시 새로운 짐이 올라와서 괴롭게 하잖아."

"……."

"그리고 저 표정은 미세하게 웃고 있는 것 같지만, 사실은 울고 있는 거야. 인생, 아니 마생(馬生)이 힘들지만 버틸 수 없다면 해체되니까 억지로 웃고 있……."

"부탁이야, 지우야. 네가 입을 다물어 준다면 모든 것이 행복할 것 같아."

"잠깐, 갑자기 그렇게 내귀를뒤틀면이상하게꺾여서아파 아파아파아파! 죄송합니다! 죄송합니다!"

누가 보면 만담콤비인 줄 알고 구경하러 올 클래스다.

"어휴, 너 때문에 정말 머리가 다 아프…… 응?"

김수진은 한숨을 내쉬다가 무엇인가를 보고 눈을 동그랗게 떴다.

"왜 그래?"

지우는 벌게진 귓불을 매만지면서 고개를 갸웃거렸다.

"와, 저 사람 '가희' 윤소정 아니야?"

"으으으으응?"

제4장

야생의 정지우 대표 이사가 나타났다

"와, 인기가 엄청난데요."

"당연하지 이놈아."

신입 조명 담당의 중얼거림을 들은 조명 감독이 피식하고 웃었다.

"가희잖아."

가희, 윤소정. 대한민국의 국민이라면 누구나 다 아는 이름이다. 세 살, 네 살배기 아이들은 물론이고 나이 드신 노인들까지 아는 정도이니 두말할 것도 없었다.

노래면 노래, 성격이면 성격, 외모면 외모. 특히 한 번

나올 때마다 주변을 모두 사로잡는 매력은 과장하지 않고 어떤 톱스타와 비교해도 지지 않을 정도였다.

"와아악! 누나, 팬이에요!"

"윤소정을 보다니!"

"와, 미친. 실물이 더 예쁘네."

그리고 그 장본인은 현재 광고 촬영의 일로 테마파크에 와있었는데, 휴식 시간이 되자마자 사람들이 구름 떼처럼 몰려와서 사인을 받으려고 안간힘을 썼다.

"캬, 팬 서비스도 좋아."

촬영하느라 힘들 텐데도 윤소정은 눈 하나 찡그리지 않고 팬들에게 정성스레 사인을 해 줬다.

처음엔 그녀의 매니저가 윤소정이 피곤할 것 같아서 거절했지만, 정작 장본인이 괜찮다며 사인을 해 줬다.

"톱스타면 성격 안 좋아지고 그러기 마련인데, 윤소정은 그런 게 없어서 정말 좋단 말이지."

한류, 아니 최근에는 중국 진출과 더불어 지구촌 곳곳에서 이름을 날리고 있는 그녀는 명실공히 톱스타였다.

보통 톱스타가 되면 오만해지고, 남들을 우습게 보는 등 안 좋게 변하기 마련이다.

특히 나이가 어린 스타들은 대부분 오만방자한 모습을

보이지만 윤소정은 전혀 그러지 않았다.

그녀는 방송계에서도 특히 겸손하고 예의 바르기로 소문나 있다.

윤소정이 녹화 방송 한 시간 전에 도착해서 관계자들에게 꼬박꼬박 인사를 하고 다니는 건 유명한 일화다.

설사 스케줄 일정 때문에 빡빡하게 도착해도, 큰 목소리로 관계자들에게 필히 인사를 한 뒤에 시작한다.

파파라치들이나 악성 루머에 환장한 기자들이 바쁘게 쫓아다니며 윤소정을 털어봤지만, 그녀의 나쁜 모습은 단 하나도 찾아볼 수 없었다.

만약 지우가 두 사람의 대화를 듣고 있었더라면, '당연하지.' 라고 머리를 끄덕이면서 대답했을 것이다.

윤소정은 그 누구보다 가수라는 자리를 꿈꿔왔다.

십 년 동안 가수라는 자리 하나를 보고 달려왔다. 덕분에 주변의 인간관계가 가족 빼고 하나도 남지 않았다.

모든 걸 포기하고 얻어냈기에, 얼마나 어렵고 힘든지 알고 있기 때문에 자신의 실수로 어이없기 쫓겨난다면 그녀는 스스로를 결코 용서하지 않을 것이다.

어릴 때부터 독한 마음을 갖고 노력해 온 그녀였기에, 가수로서의 프로 의식은 철저하게 했다.

물론, 프로 의식만으로 이렇게까지 행동하는 건 아니다.

그녀가 팬이나 방송 관계자들에게 갖는 호의는 결코 거짓이나 가식 따위가 아니었다.

아직 가수로 데뷔하기 전, 윤소정에게는 십 년 동안 자신을 사랑해 준 팬은 하나도 없었고, 자신을 필요로 한 방송 관계자 역시 한 명도 없었다.

좋지 못한 기억 때문인지 윤소정은 팬과 방송 관계자들을 보다 특별하고 소중하게 여기면서도 또 고마워했다.

"소정 씨, 슬슬 시간이⋯⋯."

매니저가 사인에 열중하고 있는 윤소정에게 다가가 휴식 시간이 끝나가고 있다고 대신 말해 줬다.

이에 윤소정은 상당히 미안한 기색을 내보이며 팬들에게 말했다.

"죄송하지만 이 이상 사인을 해 주는 건 무리인 것 같아요. 일을 해야 해서요."

"괜찮아요, 언니."

"휴식 시간을 빼앗은 저희가 더 미안하죠!"

"맞아요, 정말 미안해요."

팬들은 아쉬워했지만 윤소정의 부탁에 순순히 물러났다.

보통 톱스타의 팬들 중에는 극성팬도 있어서 사인을 해

주지 못한다고 해도 억지를 부리기 마련이었는데, 윤소정의 경우에는 거의 없다시피 했다.

팬들이 윤소정을 진심으로 아끼고 좋아해서, 그녀에게 폐가 되지 않도록 하는 마음도 있기 때문이었지만 — 가장 결정적인 요인은 아우라 때문이었다.

'와, 안 본 사이에 아우라의 단계가 더 올라갔잖아?'

약간 떨어진 거리에서 윤소정이 사인하는 모습을 지켜보던 지우는 속으로 감탄을 터뜨렸다.

'내가 알기론 최근에 님프 씨가 트레이닝을 하지 않는 걸로 알고 있는데…… 스스로 성장한 건가? 대단하시네. 감마에서 델타(δ)로 넘어간 것 같아.'

앱스토어의 상품을 이용하지도 않고 성장했다면, 확실히 보통이 아니다.

나중에 궁금해서 님프에게 윤소정이 성장하게 된 이유를 한 번 물어봤는데, 원래 아우라라는 것이 재능만 있다면 주변 사람들에게 주목을 받으면 받을수록 성장한다고 한다.

물론 윤소정의 경우는 재능이 없었으나, 님프에 의해서 강제로 개방된 덕분이긴 하지만 말이다.

"저기, 죄송하지만 휴식 시간이 끝나서요. 다시 촬영을 시작할 예정이오니 양해 부탁드리겠습니다."

제작진 중 한 명이 아직 떠나지 않은 지우와 김수진에게 슬쩍 다가와서 자리를 비켜달라고 돌려 말했다.

"아, 저는 관계자이니 괜찮습니다."

지우는 손을 살짝 들어서 부드럽게 웃었다.

확실히 저기에 있는 윤소정이 속한 회사의 대표 이사이니 관계자가 맞다.

그러나 제작진 입장에서 지우의 말을 듣고 '아, 그렇습니까? 구경하시죠.' 라면서 받아 들을 리가 없었다.

'이런 극성팬, 있긴 있구나.'

윤소정의 팬들 대부분은 그녀를 생각하여 개념 없는 행동을 하지는 않지만, 모두가 그런 건 아니다.

아주 없는 것은 아니었다.

"이러시면 곤란합니다."

제작진 중 한 명, 조명 팀원은 눈살을 찌푸렸다.

이에 지우는 당황했다.

"예? 아뇨, 저 관계자라서 괜찮습니다. 제가 지금 신분 증명할 것이 없어서 그렇지…… 잠시만요."

"지우야, 아무래도 자리를 피하는 게 좋을 것 같은데."

조명 팀원이 지우를 알아보지 못한 걸 눈치챈 김수진이 옆에서 그의 옆구리를 손가락으로 쿡쿡 찔렀다.

"아니야, 수진아. 소정 씨 사인 받고 싶다고 했잖아. 내가 받아 줄게. 어디 내 신분증이……."

'어휴, 꼭 이런 진상이 있다니까!'

조명 팀원은 속으로 한숨을 푹 내쉬었다. 여자 친구 앞에서 괜히 허세를 부리려는 사람들이 종종 있곤 하다.

널 위해서라면 별이라도 따오겠다, 라는 등 여자 친구가 너무 좋아서 뭐라고 하고 싶은 민폐적인 부류가!

이런 부류는 개념을 말아먹은 걸 넘어서 상실했기 때문에, 정말 귀찮고 짜증 난다.

게다가 한 번 고집을 부리면 자존심 때문에서라도 물러나지 않기 때문에 끝이 항상 좋지 않다.

"무슨 일이야?"

팀원이 보이지 않자 조명 감독이 찾아왔다.

"그게……."

조명 팀원은 곤란한 얼굴로 조명 감독에게 사정을 설명하자 조명 감독도 눈썹을 찡그리며 입을 열었다.

"이보세요. 관계자라면 사원증이나 방송 스태프가 입고 다니는 셔츠를……."

축객령을 막 내리려던 조명 감독은 도중에 말을 멈추고 고개를 갸웃거렸다.

"으응? 당신 어디에서 많이 본 얼굴인데."

사실, 여태껏 그를 알아보지 못한 것이 더 이상한 일이다.

지우는 불과 얼마 전만 해도 하얼빈 사태로 인해 이슈가 되어 방송을 탔다.

일반인은 백 번 양보해서 관심이 별로 없어서 몰라봤다고 쳐도, 방송 관계자들이 못 알아볼 리가 없었다.

하지만, 그들이 지우를 뚫어지게 쳐다봤는데도 알아보지 못한 이유도 나름대로 있었다.

그가 평소에 베타 영역에 오른 아우라를 평소에는 최소한으로 줄여놓았기 때문이었다.

이 때문에 기존에 지우를 알고 있던 사람들이 아니라면 지우의 얼굴을 보고도 눈치채기가 힘들었다.

"아, 절 알고 계십니까? 마침 곤란했는데 다행입니……."

"기자였나?"

"……."

풋!

옆에 가만히 서 있던 김수진이 웃음을 터뜨렸다.

지우가 나름대로 자신 있게 '살았다!' 라는 표정을 지었는데, 조명 감독이 그 기대를 처참하게 무너뜨려서였다.

"자자, 어서 돌아……."

"정지우 대표 이사님……?"

조명 감독은 재차 축객령을 내리려다가, 등 뒤에서 들려온 윤소정의 목소리에 흠칫 놀랐다.

"이, 이런. 혹시 아는 사이십니까?"

두 눈을 휘둥그레 뜬 윤소정의 얼굴을 본 조명 팀원은 눈에 띄게 당황한 모습을 보였다.

단순하게 진상 팬인 줄 알았는데, 정말로 관계자였던 모양이었다.

"아, 네. 아는 사이긴 한데……."

그런데 윤소정의 반응이 뭔가 이상하다. 그녀는 정작 알고 있는 사이인 지우가 아니라, 그 옆에서 '와, 윤소정이다.' 하고 눈을 반짝이고 있는 김수진에게 시선이 빼앗겼다.

"히익! 저, 정지우 대표 이사!"

정지우 대표 이사. 윤소정의 입에서 나온 한마디에 조명 감독의 안색이 새하얗게 질렸다.

"가, 감독님 알고 계시는 분입니까?"

"잠시 휴식 시간 들어가겠습니다!"

조명 감독은 팀원의 물음에 답하지도 않고 제작진들에게 난데없이 휴식 요청을 발언했다.

그러자 이제 막 촬영 준비에 들어갔던 총감독이 씩씩 거리면서 조명 감독에게 찾아와서 따졌다.

"아니, 이게 대체 무슨 소란이야?"

"그게……."

"히익!"

조명 감독에게 자세한 사정을 들은 총감독도 지우를 힐 끗 쳐다본 뒤, 일행들이 보지 않는 곳에서 기겁했다.

두 명의 감독이 지우를 보고 이렇게까지 겁먹은 표정을 지은 건 세이렌의 대표이사에게 실수를 한 것도 있었지만 그것 때문만은 결코 아니었다.

'저 무서운 인간이 왜 여기 와있어?'

참고로 정지우라는 석 자는 방송계에서 상당히 유명하다. 아니, 유명하다기보다는 공포의 존재로 군림하고 있었다.

'방송계의 높으신 분들도 거론 자체를 꺼린다는 인간!'

과거, 방송화류협회의 약점으로 협박한 덕분에 지우는 방송계의 누구도 함부로 건들 수 없는 존재로 급부상했다.

하지만 거기서 생각지도 못한 시너지 효과가 나왔는데, 그 문제의 협회원들이 지우를 꺼리고 무서워하다 보니 덩달아 그 밑에 있던 사람들도 그를 무서워하게 된 것이다.

즉, 정신을 차리고 보니 지우는 어느새 방송 관계자들이 웬만하면 건드려서는 안 되는 존재로 박혀버렸다.

"오, 이번 광고의 총감독님이십니까. 반갑습니다."

지우는 총감독을 보자마자 그가 이곳의 책임자라는 것을 한눈에 알아보고 손을 건네 예의 바르게 인사했다.

아무리 자신이 세이렌의 경영에 손을 일절 대지 않는다곤 해도, 일단 대표 이사이니 협력 관계자들에겐 잘 보여야 했다. 만약 인사도 안 하고 거만하게 굴었다간 세이렌의 이미지가 실추될 것 같아서였다.

"바쁘실 텐데 방해해서 정말 죄송합니다. 실례가 되지 않는다면 제 친구가 소정 씨 팬이라서, 사인 한 장만 받고 가겠습니다."

"아이고, 괜찮습니다. 대표 이사님. 그 정도 편의야 얼마든지 봐드릴 수 있습죠."

총감독은 지우가 건넨 손을 잡고 웃는 얼굴로 악수했다.

그 모습을 본 조명 감독은 입을 다물지 못했다.

'와, 저 깐깐한 인간이……'

총감독은 이쪽 업계에서도 공사를 철저하게 구별하는 사람으로 유명했고, 그게 너무 심해서 뒤에서는 '깐깐한 늙은이.'라며 욕을 먹을 정도였다.

하지만 그 천하의 총감독도 방송계와 연예계에서 공포의 존재로 군림(?)하는 세이렌의 대표 이사에게는 짜증 하나

내기는커녕 도리어 방긋방긋 웃으면서 편의를 봐주고 있었다.

총감독과 5년 정도 일했지만, 저런 모습은 처음 봤다.

"하하하, 그렇게까지 해 주실 필요는 없습니다. 어쨌거나 협력해 주셔서 정말 감사드립니다. 혹시 명함 한 장 받을 수 있겠습니까? 제가 이 일에 대한 사례를……."

"아, 아닙니다! 그보다 제가 지금은 촬영 준비 때문에 바빠서……."

명함을 달라는 말에 총감독은 눈에 띄게 다시 당황했으나, 괜히 꼬투리를 잡히지 않기 위해서 얼른 자리를 피했다.

'와, 프로 의식이 남다르신 분이시구나. 박영만 씨에게 연락해서 저 감독님 편의 좀 봐드리라고 이야기해야겠다.'

총감독이 자신을 덜덜 떨며 두려워하는 걸 꿈에도 모른 채 제멋대로 해석하는 정지우였다.

"와아, 제가 설마 가희를 볼 줄은 상상도 못했어요. 역시 친구 한 번 잘 둬야한다니까."

지우가 눈치 없게도 제작진들에게 인사하고 다니는 동안, 김수진은 윤소정을 보고 방긋방긋 웃었다.

그녀가 비록 취업 준비로 최근에는 텔레비전 시청과 인

터넷을 멀리해도, 전 국민적으로 인기를 끄는 윤소정에 대해서는 잘 알고 있었다. 김수진 역시 윤소정의 팬이었다.

"만나 뵈어서 영광이에요. 예전부터 팬이었어요."

"아, 네……."

윤소정은 아직도 정신을 차리지 못하고 김수진을 뚫어지게 쳐다봤다. 그녀의 눈동자는 혼란으로 가득했다.

'지우 씨랑 무슨 사이지?'

불과 몇 분 전, 지우가 미모의 여성과 서 있는 것을 보고 윤소정은 큰 충격을 받았다.

만약에 테마파크가 아니라 다른 곳에서 이 광경을 목격했다면 이렇게까지 큰 충격은 아니었을 것이다.

남자와 여자가 테마파크에 놀러왔다.

편한 복장을 한 걸 보니 결코 공적인 만남은 아닌 것 같았다. 아니, 애초에 테마파크를 공적으로 올 리가 없었다.

충격이 워낙 컸기 때문일까, 윤소정은 방금 전에 김수진이 '친구 한 번 잘 뒀다니까!' 라는 말을 생각하지도 못했다.

"사인 좀 부탁드릴 수 있을까요?"

"아, 네. 물론이죠."

멍하니 있던 윤소정은 김수진의 부탁에 매니저에게 시선을 돌려서 눈짓을 보냈다.

"여기 있습니다."

다른 사람도 아니고 대표 이사의 갑작스러운 등장에 매니저는 신경이 쓰였는지, 평소보다 더 빠른 몸놀림으로 사인지와 펜을 가져왔다.

"성함이 어떻게 되시나요?"

"김수진이라고 해요."

윤소정은 능숙한 손놀림으로 사인을 한 뒤, 맨 밑에다가 '수진 씨에게.' 라고 작은 글씨로 적어뒀다.

'김수진······.'

윤소정은 흔한 이름을 들었는데도, 이상하게 머릿속에 각인되는 석 자를 속으로 몇 번이나 되뇌었다.

"여기요."

"야호! 감사합니다!"

김수진은 가희에게 사인을 받은 것이 그리도 기쁜지, 사인지를 품 안에 안고 소중하게 대하는 모습을 보였다.

두 눈은 초승달처럼 휘었고, 입은 귀에 걸렸다. 뺨이 살짝 붉은 걸 보면 흥분한 모양이었다.

윤소정에게 있어 그녀의 모습은 평소의 팬들의 모습이었으나, 왠지 모르게 그 모습이 하나하나 눈에 밟혔다.

'뭘까?'

김수진이 웃는 얼굴로 기뻐하는 걸 보니 가슴 한구석이 시럽다. 윤소정은 이 감정을 말로 표현할 수가 없었다.

"저, 지우 씨와는…… 무슨 관계인지 여쭤 봐도 괜찮을까요?"

윤소정은 원래 많은 사람들 앞에서 지우의 이름을 직접적으로 거론하지 않는다. 과거에 그와 스캔들이 있어서였다.

가수라는 자리를 그 어떠한 것보다 소중하게 여기는 그녀이기 때문에, 괜한 오해와 루머를 불리지 않도록 윤소정은 개인적인 만남이나 통화가 아니라면 대표 이사님이라는 호칭을 꼭 붙였다.

하지만, 왠지 모르게 지금은 그러고 싶지 않았다.

아니, 정확히 말하면 김수진의 앞에서 지우와 마치 어색한 사이인 것처럼 부르기가 싫었다. 이상한 기분이다.

"아, 지우랑은 대학생 새내기 때부터 알고 지낸 친구예요. 질긴 악연이죠. 후후."

'……읏!'

대학생 때부터 알고 지낸 사이라는 말에 윤소정은 왠지 모르게 가슴이 죄여와 숨을 쉬기가 힘들었다.

'아니, 모르지 않아. 나는 알고 있어.'

윤소정은 입술을 살짝 깨물며 지금 느끼는 현상을 어렴

풋이 이해하고 있었다.

지우가 이렇게 예쁜 사람과 친하게 지내 왔던 것, 그리고 단둘이서 테마파크에 놀러온 것. 그리고 그와 함께한 시간이 자신보다 많은 김수진에게 질투와 시기를 느꼈다.

가슴이 답답하고, 바늘로 쿡쿡 찌르는 것 같다. 이 아픈 감각이 계속되자 자기도 모르게 비명을 지를 뻔했다.

"표정이 안 좋은데…… 괜찮으세요?"

김수진은 그녀의 표정이 미세하게 일그러진 걸 귀신같이 눈치채고 걱정스레 물었다.

"소, 소정 씨. 혹시 어디 아프신 곳이라고 있습니까?"

옆에 있던 매니저가 김수진의 말을 듣자마자 기겁했다.

만약 그녀가 어쩌다 잘못되기라도 했다간 회사나 팬들에게서 왜 제대로 관리를 하지 못했냐고 욕을 먹는다.

매니저가 담당의는 아니어도, 평소 윤소정의 몸 상태를 어느 정도는 파악해야하기 때문이었다.

"아뇨, 전 괜찮아요."

윤소정도 방송인으로서 나름대로 경력을 쌓은 덕분일까, 나름대로 자연스럽게 연기를 해서 넘길 수 있었다.

"무슨 일 있으세요? 혹시 제 친구가 괴롭힌 건 아니겠죠."

제작진과 대충 인사를 끝낸 지우도 어느새 다시 제자리

로 돌아와 머리를 불쑥 내밀며 대화에 껴들었다.

"애도 참, 괜한 사람 잡는 거 봐라. 내가 미쳤다고 어떻게 가희님을 괴롭히겠니."

윤소정은 이제 국민 가수라고 부를 정도로 많은 사람들에게 사랑을 받고 있다. 그녀는 안티가 없기로도 유명하다.

만약 그런 사람을 괴롭혔다고 소문이라도 난다면, 김수진은 이 대한민국 땅을 온전히 밟을 수 없을 것이다.

그녀는 상상만 해도 끔찍하다는 듯, 양팔로 어깨를 감싸 안으며 몸을 부들부들 떨었다.

"그냥 농담 하나 던져본 것뿐이야."

"농담 한 번으로 사람 매장시킬 수 있다."

김수진은 쌍심지를 키곤 지우를 노려봤고, 지우는 못 당하겠다는 듯 어깨를 으쓱이며 낄낄 웃었다.

"사이가 굉장히 좋으신 모양이네요……."

그녀는 아무렇지 않게 농은 주고받는 두 남녀의 사이가 부러운 듯 중얼거렸다.

'지우 씨, 저에게는 항상 불편하고 어색하게 대해 주시면서…….'

아무리 첫 만남이 업무 때문이었다곤 해도, 나중에 시간이 지나면서 윤소정은 지우가 가족 다음으로 편하게 느껴졌다.

그래서 사람들이 없을 때는 그에게 은근슬쩍 자신에게 말을 편히 놓아도 괜찮다고 어필하기도 했다.

하지만 그럴 때마다 지우는 묘한 표정으로 '이제 와서 말을 놓기엔 좀 어색해서…….' 라면서 거절했다.

윤소정은 조금 아쉽긴 했어도, 지우가 살짝 불편해하는 모습을 보고 강요하지 않았다.

'너무해요. 바보.'

언제나 편하고, 재미있고, 고마웠던 사람이 오늘따라 괜히 미워 보인다. 특히 이성 친구라고 주장하는 사람과 농담을 주고받을 때마다 괜히 배알이 뒤틀리고 짜증이 났다.

"응? 소정 씨, 방금 뭐라고 하셨어요?"

"그냥 사이가 좋으신 것 같다고 했어요."

"하하, 뭐 하나밖에 없는 친구니까요. 질긴 악연이죠, 뭐."

지우가 시원한 웃음을 흘리며 아무렇지 않게 답했다.

그의 말에는 딱히 이렇다 할 거짓이나 이상한 점이 느껴지지는 않았다.

윤소정은 눈동자만 살짝 굴려, 옆에 서 있던 김수진의 얼굴을 힐끗 쳐다봤다.

'……어?'

김수진이 어떤 반응을 보일 것이라 생각했으나 그 예상은 보기 좋게 빗나갔다. 친구라 불린 그녀는 별다른 생각이 없는지 그저 웃는 얼굴로 농담 따먹기나 할 뿐이었다.

'혹시 정말로?'

남녀 둘이서 테마파크에 놀러가는 건, 바보가 아닌 한 그 둘이 연인이거나 혹은 그와 견주는 관계라고 생각하기 마련이다. 윤소정 역시 그렇게 생각했다.

하지만 예상과 다르게 두 남녀의 사이에 흐르는 분위기는 미묘하긴 하지만 연인 특유의 것은 느껴지지 않았다.

정말로 이성 친구가 아니라, 동성 친구끼리 있는 느낌이었다.

'수진 씨는 모르겠지만 지우 씨는 딱히 뭔가를 숨기려는 사람은 아니……였지?'

진실을 아는 건 정지우와 김수진밖에 없겠지만, 윤소정은 속으로 이 두 명이 정말 단순한 친구사이기를 빌었다.

*　　　*　　　*

그는 윤소정에게 사인을 받아 낸 뒤, 간단히 몇 마디를 나눈 뒤에 손을 흔들어 작별 인사를 했다. 더 이상 시간을 빼앗아 일을 방해하기에는 곤란했기 때문이었다.

"인터넷에서 어떤 사람들은 가희보고 착한 이미지로 밀고 나간다고 했는데, 이렇게 직접 보니 전혀 아니네. 실제로도 굉장히 좋은 사람 같아."

"그래. 간간이 나한테 시비 거는 것만 빼면 좋을 사람이지."

"후우, 가희도 너같은 애를 이사로 둬서 고생하겠어."

"어라, 요즘 주변 사람들이 날 자꾸 무시하는데. 맞지? 나 무시하는 거 맞지?"

"엇, 귀신의 집이다. 저기 한 번 들어가 보자!"

"여보세요?"

돌발 팬 미팅(?)을 끝낸 뒤에 다시 지겨운 놀이기구를 타러 돌아다녔고, 귀신의 집도 별다른 재미를 못 느꼈다.

'본점에 있는 요정 중에 갑자기 머리가 활활 타오르며 분리되는 놈이 있었지. 무슨 요정이었는지는 기억 안 나지만 그때는 너무 놀라서 기절할 뻔했지.'

워낙 많고 다양한 요정을 고용해서 그런지, 그중에는 별별 해괴한 요정 역시 껴있었다.

그들에 비하면 귀신의 집은 솔직히 애들 장난이다.

"어렸을 때는 정말 무서웠던 기억이 나는데, 나이를 먹으니까 좀 별로네."

김수진도 여성치곤 담력이 좋은 편이었는지라, 변장하고 나타난 직원들이 뻘쭘할 정도로 담담한 모습을 보였다.

'어휴, 근데 정말 허접하네. 만약 내가 여기 주인이었으면 최고로 실감나게 만들 수 있었을 텐데.'

이제 슬슬 공포를 넘어 사랑받는 존재가 된 좀비!

의대생들에게 걸리면 한낱 실험대상일뿐인 스켈레톤!

또 저급 호러 영화에서 홍보 나왔냐고 묻게 되는 유령!

이 세 가지뿐만 아니라, 각종 공포로 군림하는 존재들을 정말로 이곳으로 데려올 수 있다.

만약 그렇게 할 수 있다면 입을 쩍 벌려 하품까지 해 대는 김수진을 놀라게 해 줄 수 있지 않을까.

'어라, 잠깐만.'

자신이 만든 귀신의 집에 대하여 상상의 나래를 펼치던 그는 순간 획기적인 생각 하나를 떠올릴 수 있었다.

'테마파크, 귀신의 집, 퍼레이드, 요정, 언데드……?'

테마파크라는 단어와 함께 수십 개의 단어가 쭉 나열됐다. 대부분 이차원고용과 연관된 이름이었다.

'지금 대박칠 사업 아이디어가 하나 떠올랐는데?'

지우가 이차원용병에서 요정만 고용하게 된 것은, 그 외의 종족들은 현실 세계에 외양적으로 부적절하기 때문이다.

그래서 어쩔 수 없이 사람과 비슷한 외양을 가진 요정들을 고용할 수밖에 없었다. 물론 요정 중에서는 사람과 닮지 않은 이들도 있기에, 몇몇은 고용하지 못했다.

이런저런 조건이 있어서 그동안 아쉽긴 해도 이차원고용에서 다른 종족을 쓰지 못했는데, 방금 전에 떠오른 생각으로 그들 또한 고용해서 노동력으로 쓸 방법이 생겼다.

'그래, 테마파크! 테마파크 사업을 하는 거야!'

자고로 테마파크라는 건, 특정 주제를 기반으로 연출되는 일종의 관광 시설을 말한다.

주로 대부분 기본적으로 놀이공원을 베이스로 깔고, 각종 이벤트를 합해서 사업하곤 했다.

유명한 것 중 하나를 꼽자면, 동화나 애니메이션의 캐릭터 등을 이용한 테마파크가 하나가 있다

거기에선 각종 만화 캐릭터들이 정말로 존재하는 것처럼 엄청난 리얼리티를 자랑하면서 연기하고 연출한다고 하는데, 지우는 그걸 제일 먼저 떠올리며 사업 아이디어를 내기 시작했다.

'엔진과 톱니바퀴로 움직이는 기계 용이 아니라, 정말로

드래곤을 데려온다. 날개 장식을 한 배우가 아니라, 진짜로 천국에 있는 천사를 데려온다.'

사업성도 사업성이지만, 적절하게 정체를 조심한다면 의심을 받아도 평범하게 넘길 수 있다. 테마파크의 이벤트 중 하나이다, 혹은 최신 홀로그램 기술을 사용했다고 대충 둘러대면 된다.

'이건 무조건 대박이 날 수밖에 없다.'

제5장

테마파크 사업 계획

말로 형용할 수 없는 감각이 등골을 훑고 지나쳤다. 소름이 쫘르륵 끼치는 기분이었다.

여태껏 사업 관련으로 이렇게까지 확신과 기대를 가진 적이 단 한 번도 없었다.

로드 카페도, 로드 버거도, 양로원도, 윤소정의 음반 사업도 모두 기대를 하긴 했지만 이 정도까지는 아니었다.

'좋아. 이건 기대를 해도 괜찮겠는데. 집에 가서 좀 더 생각해 보자.'

테마파크로 사업을 할 생각에 한껏 부푼 지우는 친구와

함께 놀러온 것도 깜빡 잊은 채 생각에 잠겼다.

"어휴, 사람이 성공해도 버릇은 사라지지 않네. 마음 같아선 엉덩이를 발로 뻥 차 주고 싶지만……."

귀신의 집에서 나온 뒤, 생각에 빠져서 말을 걸어도 제대로 된 대답이 돌아오지 않자 김수진은 한숨을 푹 내쉬었다.

마음에 들지는 않지만, 그래도 하얼빈 일 등 여러 가지로 피곤할 테고, 또 가희에게 사인도 받게 해 줬으니 특별히 용서해 주기로 생각한 김수진이었다.

*   *   *

이차원존재들로 구성된 테마파크.

그저 상상만 한 것뿐인데 지우 본인조차도 당장 지폐를 쥐어 들고 '닥치고 내 돈이나 가져가!' 라고 할 클래스였다.

"그런데, 몇 가지 문제가 생기네."

크게 문제는 둘로 나뉜다.

첫 번째는 테마파크인 만큼, 금액이 상당히 든다.

일단 일반적인 놀이공원을 베이스로 해야 하기 때문에, 롤러코스터나 관람차, 회전목마 등등 충분한 땅이 있어야 했다. 그 정도 크기의 토지를 구입하려면 설사 서울이 아니라 지방이라고 해도 상당한 각오를 해야 한다.

거기에 퍼레이드나 이벤트의 준비는 물론이고 각종 기념품과 식당과 함께 놀이기구 등 건설비도 장난 아니게 든다.

어쩌면 땅값보다 더한 금액이 나갈지도 모른다.

두 번째는 눈에 너무 많이 띈다는 것이 문제였다.

진짜 드래곤을 쓰고, 천사를 쓰고, 요정을 쓴다고 치자. 일반인은 어떻게 유야무야 속여 넘길 수 있다. 정 의심을 받으면 알렉산드라를 불러서 단체로 기억을 잊게 만들거나 의심을 하지 못하게 하면 그만이다.

하지만 앱스토어의 고객들의 눈을 피할 수는 없다.

만약 테마파크가 대박이 난다고 해도, 유명해지면 그들이 의심하고 확인차 찾아올지도 모른다. 그렇다면 테마파크는 하루아침에 앱스토어 고객들의 전쟁터가 될지도 모른다.

"……아니, 어차피 언젠가는 언컨쿼러블과 디스페어 놈들과 싸우게 돼 있어. 테마파크가 하루아침에 만들어지는 것도 아니니, 완공될 때 즈음에는 그들과 어느 정도 정리가 돼 있을지도 몰라."

알렉산드라의 연락을 기다리느라 아무것도 안하고 있을 뿐이지, 지우와 동맹은 언컨쿼러블과 디스페어를 적대한다.

정의도, 악도 맞지 않으니 그 둘과 다른 길을 걸으면서 싸우기로 이미 마음먹었다.

즉, 언젠가는 피하지 못하고 부딪칠 수밖에 없는 날이 온다. 어차피 그렇게 될 거, 신경 쓰지 않는 편이 좋았다.

물론 언컨쿼러블과 디스페어를 제외한 다른 고객들에게 눈에 띈다는 것도 있긴 했지만, 어차피 현재 전 세계에서 가장 많은 고객의 숫자를 보유하고 있는 두 조직과 싸운다는 걸 생각해 보면 솔직히 의미 없다.

"좋아, 만들자. 조금 위험하긴 해도 그만큼 매력적인 사업이야."

여러 가지 문제가 있긴 했으나, 그래도 테마파크의 설립을 마음먹게 됐다.

"건설 관련은 드워프를 써서 해결한다고 해도…… 토지나 이것저것 기타 등등이 마음에 걸리네…… 조언을 얻을 사람이 필요해."

테마파크는 지금까지 해 온 사업들, 카페나 버거와는 차원이 달랐다. 혼자의 힘으로는 한계가 있을뿐더러, 또 많은 시간이 걸릴 것이 분명했다.

'박영만……씨는 무리지.'

데우스 엑스 마키나마냥 '박영만이 출현했다!' 라는 간결

한 방식으로 처리하고 싶었으나, 다시 생각해 보니 역시 무리였다.

확실히 박영만이 능력이 좋긴 해도, 그도 인간이다. 이미 세이렌을 포함하여 방송 계열 일을 대부분은 맡고 있어 테마파크처럼 대규모 사업의 도움을 받을 만한 여력이 없었다.

"어쩔 수 없지…… 눈치가 보이긴 해도 소라 씨를 한 번 찾아가 봐야겠다."

웬만하면 한소라에게는 도움을 받고 싶지가 않았다.

딱히 그녀가 싫어선 아니다. 반대로 굉장히 유능한 그녀에게 항상 팔을 벌리고 싶은 마인드였다.

그러나 그녀에게 도움을 청하기에는 무척 눈치가 보였다.

과거, 한도공은 비오는 날의 보답으로 로드 카페에 투자를 해 주기로 했다. 그 덕분에 로드 카페의 체인점이 우후죽순 늘게 되고, 사업 확장의 기초가 됐다.

다만 그는 이를 결코 공짜로 내준 것이 아니었으며, 주주로서 '투자'라고 하였다. 그 증거로 관리자이자 감시자인 손녀를 보냈다.

지우는 한소라를 통해서 혹시나 '정지우가 뻔뻔하게 도움만 받으려한다!' 라면서 한도공에게 전해질까 봐 살짝 겁이 나 그녀에게 도움을 청하는 걸 꺼리게 됐다.

하지만 그것도 한계. 이번만큼은 그녀에게 도움을 받아야 할 때가 왔다.

*　　　*　　　*

"사업?"

한도정은 포크와 나이프를 내려놓았다.

— 네

"자세하게 말해 보려무나."

한도정은 액정 너머로 보이는 사랑스러운 여인이자 딸에게 자세한 사정을 들었다.

대충 요약하자면, 사위 후보가 이번에 새로운 사업을 하려 하는데 어려움이 많아 조언을 해 줄 수 있는 사람을 혹시 알고 있냐고 딸에게 물어봤던 모양이다.

— 혹시 도와주실 수 있으세요?

"아니, 뭐 힘든 일은 아니지만……."

회장이자 아버지인 한도공의 명성이 너무 높아서 가려져 있긴 하지만, 한도정 역시 보통 인물은 아니다.

알다시피 한도공은 지독한 능력주의자다. 만약 능력이

없다면 아무리 혈연이라고 해도 높은 자리에 올리지 않는다.

한도정 역시 혈연으로 부회장 자리까지 올라온 것이 아니기 때문에, 기업가로서는 굉장한 업적을 지녔다.

유력한 사위 후보가 아무리 어려워하는 일이라고 해도, 한도정에게 있어서는 그렇게까지 어려운 일은 아닐 것이다.

'역시 아직도 만나고 있었구나.'

다만, 몇 가지 걸리는 점이 있었다.

한도정은 딸의 조부인 한도공과 다르게, 지우를 딱히 좋아하지 않았다. 그렇다고 싫어하는 건 아니었다.

'이대로 둬도 정말 괜찮을까?'

한도정이 정말 걱정하는 건, 지우를 리즈 스멜트 그룹으로 받아들였을 때 나오는 반발이다.

아무리 회장과 부회장이 괜찮다고 해도, 다른 주주들이나 임원진 등은 분명히 '어딜 미천한 것을 데려옵니까!' 라면서 크게 반발할 것이 뻔했기 때문이었다.

게다가 최근에는 한소라를 정략결혼을 시키려는 움직임도 포착되고 있었다.

얼마 전에는 임원진 중 하나가 슬쩍 '우리 아들이 좀 괜찮은데…….' 라면서 중매 자리를 만들려고 했었다.

하긴, 한소라와 결혼을 성사시키면 상대편 가문은 그야말로 초대박이니 노리지 않는 것이 이상하다.

하지만 이런 때에 갑자기 정지우가 떡 하고 나타났다. 그렇다면 한소라를 노리고 있던 외부의 대기업이나 임원진 사람들은 닭 쫓던 개 지붕 쳐다보는 경우가 되어, 어떻게든 마구잡이로 반발할 것이 뻔하다.

한도정은 그 점이 신경 쓰이고 걱정됐다.

딸의 멘탈이 그렇게까지 약하지는 않지만, 그래도 이 반발 때문에 혹시라도 정신 쇠약이 걸리거나 스트레스 때문에 안 좋은 행위를 저지르는 등의 문제가 있을지도 모른다.

사위 후보인 지우도 이와 같은 이유로 걱정됐다.

몇 번이나 조사한 결과, 그가 건실하고 우수한 청년이란 건 알게 됐지만 그 역시 주변의 반발 때문에 망가지라도 할까 봐 두려웠다.

그만큼 재벌계의 정략결혼 등, 부부로서 인정받는 것은 정말로 힘든 일이다.

그래서 내심 만나지 않고 헤어졌으면 좋겠는데, 도리어 관계가 깊어진 것 같으니 한숨이 절로 나왔다.

"끄응. 다시 한 번 생각해 보면 참 좋은 젊은인데 말이야…….”

게다가 최근에 보이는 행보는 특히 인상적이었다.

카페와 버거 사업의 규모 확장은 그렇다고 쳐도, 그가 보유한 사업장 중에서 '세이렌'이라 불리는 연예기획사가 하는 음원 사업은 특히 그중에서도 압도적이었다.

한국을 중심으로 중국과 각종 세계에서 동영상 사이트, 음원 사이트 상위권을 차지했다. 그 명성이 높아서 재벌계에서도 관심을 가질 정도였다.

가희라고 불리는 여가수 덕분에 로드 기업은 단순히 기업이 아니라, 명실공히 대기업 규모로 커졌다고 한다.

그만큼 수익이 국내적으로도, 세계적으로도 상당했다.

거기에 모자라 지우는 하얼빈 사태로 인해 언론에 크게 노출됐고, 단숨에 유명인이 됐다.

'언론을 이용할 줄 아는 놈이다.'

사람들은 5억이나 되는 큰돈을 기부하여 마음 씀씀이가 좋다고 하지만, 잘 보면 이건 계획된 기부이다.

재벌계에서 국내나 해외에서 무슨 일이 터진 곳에 돈을 기부하는 건, 정말로 사고를 당한 사람들이 불쌍하거나 마음 아파서 그런 것이 아니다.

물론 그런 경우가 없지 않지만, 기업에서 행하는 경우는 대부분 계산된 행동이다.

사람들의 마음을 사로잡기 위해서, 일부러 선한 행동을 하면서 기업 이미지를 좋게 만든다.

'능력이 생각보다 더 뛰어나서 골치 아프구나.'

툭 까놓고 말하면, 사위로서 나쁘지 않다. 아니, 솔직히 말해서 충분할 정도다.

만약 사위로 들어오게 된다면 진지하게 리즈 스멜트의 한 자리를 챙겨주고 후계로 키워주고 싶을 정도였다.

한 사람이 이렇게까지 큰 업적과 사업을 하기에는 힘드 니까. 무엇보다 그는 아직 삼십도 되지 않았으니, 미래가 그 누구보다 밝은 청년이기 때문이었다.

'아버님도 이 정도까지는 아니었는데……'

기업의 전설인 한도공조차도 이십 대에 이렇게 많은 업 적을 세우지 못했다. 그만큼 대단하다는 뜻이었다.

만약 지우가 평범한 집안이 아니라 적당한 재벌가의 자 식이었다면 누구보다 빨리 약혼과 결혼을 진행했을 정도 다.

— 힘들다고 하시면 어쩔 수 없죠.

수화기 너머로 딸의 힘없는 목소리가 들렸다.

'와, 그놈 참 여자 꼬시는 재주도 제법이구나. 내 딸이지

만, 남자에 관심 하나 없던 애를 이렇게 만들다니!'

딸은 공사구분은 누구보다 철저했다. 실제로 리즈 스멜트에서 요직을 얻은 이후로, 딸은 집이 아니라면 설사 단둘이 있어도 아비인 자신에게 이름과 직급을 붙여서 불렀다.

조부에게도 역시 '회장님.'이라고 불러서 한도공이 섭섭해 할 정도로, 정말 융통성 없기로 소문난 한소라였다.

그런데 한소라가 이렇게 전화로 '제가 좋아하는 남자를 도와주고 싶은데요!'라고 티가 나는 목소리를 내니 그저 신기할 따름이었다.

'끄응. 설마 사람들 모르게 이미 사귀고 있는 거 아니야?'

다 큰 성인 여자의 사생활에 간섭하는 건 아무리 부모라고 해도 조금 그렇지만 신경이 쓰이는 건 어쩔 수 없었다.

딸을 가진 아비의 마음은 다 같다고 하던가, 그러한 상상을 하니 왠지 가슴이 부글부글 끓어올랐다.

'내가 모르고 있지만 서로 손도 잡고, 뽀뽀도 하고, 키스도 하고 그러고 다니는 거 아니야?'

한소라가 들으면 울컥할 정도로 어처구니없는 생각이었다.

"아냐, 내 도와……주마. 네가 이렇게까지 말하는데, 도와줘야지. 응, 그렇고말고. 그런데 혹시 지금 누구랑 같이 있는 건 아니겠지?"

— 네?

＊　　＊　　＊

한도정은 크흠, 크흠 하고 몇 차례 헛기침을 한 뒤 손을
건네며 먼저 인사했다.

"반갑네. 한도정일세."

"만나 뵈어서 영광입니다. 정지우라고 합니다."

지우가 부드럽게 웃는 얼굴로 한도정의 손을 잡아 악수
했다.

'호오. 배포만큼은 나쁘지 않군.'

동공, 목소리 하나 흔들리지 않고 당당하게 인사를 하는
지우가 꽤나 인상적이었는지 한도정이 속으로 감탄했다.

스스로 말하기도 뭐하지만, 자신은 이래봬도 리즈 스멜
트에서 부회장을 맡고 있는 몸. 대한민국 기업가 중에서도
최정상에 있는 사람이다.

리즈 스멜트와 견줄 정도의 재벌가 사람이 아닌 이상, 보
통 자신을 처음 본다면 아무리 유능한 사람이라도 너무 긴
장해서 목소리도 제대로 못 내는 것이 대부분이었다.

'음. 위가 잘려나가는 느낌이군.'

한편, 한도정에게 고평가를 받고 있는 그 장본인은 지금 당장이라도 책상을 뒤집고 창문 바깥으로 몸을 던지고 싶은 기분이었다.

'보통은 단계별로 높으신 분들을 만나면서 배포를 키워 하기 마련인데 말이야.'

게임으로 치자면 이제 막 새로운 던전에 진입했는데 라스트 보스를 눈앞에 둔 기분이었다.

'이 대화가 끝난다면 소라 씨에게 날 죽일 일 있냐고 물어봐야겠어. 하하!'

맨 처음 그녀에게 부탁했을 때, 누굴 소개 받아도 상관없다고 생각했다. 도움만 받으면 된다고 생각했으니까.

하지만 정작 별다른 언질 없이 이렇게 한도정을 소개 받으니 위가 너덜너덜하게 찢겨 나가는 기분이었다.

"음…… 자네에 대해서는 딸뿐만 아니라, 언론에서도 많이 들었네. 특히 얼마 전에는 하얼빈에 기부까지 했다고 하던데, 대단하다고 생각해."

"아닙니다. 당연한 일을 했을 뿐입니다."

나날이 늘어나는 뻔뻔함!

이미 위는 아작 났지만, 그래도 당황하는 모습 하나 보이지 않고 평범하게 대화를 이어 나갈 수 있었다.

이는 마음만 먹는다면 정신적 흔들림 없이 평정을 유지
시켜주는 초능력 덕분이었다.

"그래, 사업을 하려는데 도움이 필요하다고?"

"예."

"그전에 미리 말해 둘 것이 있네."

"말씀해 주십시오."

"내 간단한 조언 정도는 해 줄 수 있지만, 금전 등의 도
움은 줄 수 없네."

한도정의 말에 지우는 당혹스러운 표정을 지으면서 얼른
손사래를 쳤다.

"그건 당연합니다. 이미 부회장님께 받는 조언만 해도
엄청난데, 그 이상을 바란다면 그게 어디 사람입니까? 저
그렇게까지 염치없는 놈이 아닙니다."

"흠."

한도정은 살짝 기분이 좋은 듯, 입꼬리를 살짝 올렸다.

눈앞에 청년이 하는 말은 분명 평소에도 많이 들었던 뻔
한 아부였으나, 이상하게도 기분이 나쁘지 않았다.

보통 이런 칭찬은 사람을 불쾌하게 만들기 마련인데도,
지우의 칭찬은 사람을 기분 좋게 만들었다.

'대기업의 꼭두각시가 되어 눈치를 보는 건 사양이다!'

참고로 지우가 한도정의 지원을 받지 않기를 원하는 건 거짓 하나 없는 진실이었다.

만약에 한도정이 스스로 금전적으로 도움을 주겠다고 했다면 고민 하나 하지 않고 거절했을 것이다.

'내가 지금도 소라 씨 눈치를 얼마나 많이 보는데!'

현재의 자신은 옛날과의 자신과 전혀 다르다. 자본금도, 명성도, 능력도 없는 작은 카페를 운영하는 사장이 아니다.

예전의 자신이었다면 '어이쿠, 이게 웬 떡이야!' 라면서 수익 일부분을 지불하고 도움을 받았겠지만, 돈이 나름대로 충분한 현재의 자신은 굳이 그럴 필요가 없었다.

특히 테마파크 사업의 대박성을 알고 있기 때문에, 괜한 투자를 받게 되면서 수익의 일부분을 떼어주는 것을 생각하면 벌써부터 배가 아팠다.

"마음에 드는군. 어디, 자네가 뭘 생각하고 있는지 이야기 좀 풀어보게나."

"예, 그러니까⋯⋯."

별로 대단하게 이야기할 것도 없이, 그냥 테마파크 사업을 할 생각이라고 전했다.

물론 테마파크의 비장의 카드, 이차원고용에 대해서는 일언반구도 하지 않았다.

"테마파크, 인가……."

헌데 한도정의 반응이 영 시원치 않다. 그는 무언가 떠올린 듯 미간을 좁혔다. 그 얼굴에는 불쾌감이 묻어났다.

이에 지우는 무언가 이상함을 느끼고 무슨 일이냐고 물었고, 한도정은 등받이에 기대며 쓰게 웃었다.

"아, 딱히 자네가 테마파크를 설립한다는 것에 불만을 가지는 건 아닐세. 도리어 테마파크는 나름대로 괜찮은 사업 중 하나지. 내가 그만 오해할 만한 행동을 해서 미안하네."

"무슨 일이라도 있습니까?"

"자네가 아는지 모르겠지만, 우리 리즈 스멜트도 테마파크를 설립하려 한 적이 있었네. 하지만……."

'아아!'

한도정의 친절한 설명에 지우는 그제야 그가 왜 그렇게 불쾌한 표정을 했는지 이해할 수 있었다.

리즈 스멜트는 중공업을 중심으로 금융, 반도체, 스마트폰 등 각종 분야에서 성공을 거두었지만 그렇다고 완벽한 건 아니다.

성공한 것이 있다면, 당연히 실패한 것도 있기 마련. 그 뼈아픈 실패 중 하나가 바로 테마파크 사업이었던 '리즈 랜드(Res land)' 다.

"리즈 랜드가 왜 실패했는지 궁금한 얼굴이군."

"예, 뭐……."

지우는 멋쩍게 웃으며 뒤통수를 긁적였다.

'다른 어디도 아니고, 천하의 리즈 스멜트가 실패한 사업 중 하나야. 궁금하지 않을 리가 없지.'

리즈 스멜트는 창립 이후 하나하나 전설적인 행보를 보이면서 짧은 기간 동안 각 분야에서 대대적인 성공을 보였다.

하지만 성공이 있으면 실패도 있는 법. 무조건적으로 리즈 스멜트가 손대는 사업마다 성공하는 건 아니었다.

그리고 테마파크는 리즈 스멜트가 실패한 분야 중 하나였다.

"리얼라이즈 랜드(Realize land)에 대해서 알고 있나?"

"예. 모를 리가 없죠."

리얼라이즈 랜드는 국내 최대 테마파크이며, 얼마 전에 테마파크 사업을 깨닫게 해 준 장소이기도 했다.

참고로 세계에서도 상당히 이름이 높아서, 한국에 놀러 오는 외국인들의 관광 코스 중 하나로 꼽히기도 한다.

또한, 이 국내 최대 테마파크의 주인은 다름 아닌 리즈 스멜트와의 숙적인 자성 그룹이다.

"벌써 30년도 더 된 이야기네만, 원래 리즈 랜드는 리얼라이즈 랜드와 함께 설립을 시작한 테마파크일세. 아니, 정확히는 우리 쪽이 먼저라고 해야겠지. 자성 그룹이 우리가 테마파크를 계획하는 걸 듣고 부랴부랴 리얼라이즈 랜드 사업을 시작했으니까 말이야."

두 그룹은 알다시피 철천지원수다. 그 덕분에 항상 상대 쪽이 어떤 분야를 새로이 시작하면, 자신들 역시 똑같은 분야의 사업을 시작해서 경쟁하고 이기려 한다.

솔직히 말해서 한도공은 원래 그럴 마음은 단 하나도 없었다. 아무리 누나에게 넘어갔다곤 해도 존경하기 그지없는 위대한 아버지의 사업체였기 때문에 꺼림칙했기 때문이다.

하지만 자신을 마음에 들어 하지 않았던 친누나가 계속해서 시비를 걸고, 싸움을 걸다 보니 어쩔 수 없이 경쟁 구도가 생성됐고 피 튀기는 혈전을 하게 됐다.

어쨌거나, 테마파크 사업은 그 무한경쟁 사업 중 하나였다. 당연한 말이지만 리즈 랜드의 소식을 듣자마자 자성 그룹은 리얼라이즈 랜드를 설립하는 동시에 리즈 랜드를 상대로 온갖 방해 수작을 걸어왔다.

"자성 그룹 회장은 정말 온갖 더러운 수단을 가리지 않앉네. 리즈 랜드 설립에 건설 자재가 부실하다느니, 건설 설계가 잘못 됐다니…… 정말 온갖 루머가 들끓었지. 다행히 해명은 무사하게 끝낼 수 있었지만……."

"있었지만?"

"이미 리얼라이즈 랜드가 일 년 정도 먼저 개장한 상태 였네. 즉, 우리가 먼저 시작했지만 완공은 각종 법적 문제 와 검사로 인해 개장이 늦어졌지."

개장이 계속해서 늦어지자 자성 그룹은 이 틈을 놓치지 않고 계속해서 악성 루머를 퍼뜨렸다.

"개장이 늦어지는 건 필시 문제가 있다는 것."

"놀이기구 테스트 중 사람이 죽었다더라."

"동물원 사육사를 부려 먹다가 과로사로 죽여 놓고 보상도 제대로 해 주지 않는다고 하던데?"

"지하실 탱크가 터져서 홍수가 났다고 하던데요."

"소문에 의하면 관람차가 계속해서……."

당연히 이런 루머에는 강력하게 법적 대응을 하겠다고 엄벌을 놔서 금방 조용해졌지만, 이미 그때는 늦은 상태였다.

그렇지 않아도 리얼라이즈 랜드가 호평을 받으며 승승장구한 덕분에 리즈 랜드는 주목받지 못하고 실패했다.

신뢰를 한 번도 아니고 여러 번 잃고, 불신이 늘다 보니 결국 이렇게 되어 버린 것이다.

"덕분에 아직도 테마파크라고 하면 이가 갈리네. 참고로 우리 가족들은 물론이고 리즈 스멜트의 임원진이나 간부들은 리얼라이즈 랜드는 코 앞 근처에도 가지 않네. 애들 수학여행지가 리얼라이즈 랜드로 정해지면 결코 보내지 않을 정도일세."

결국 리즈 랜드는 투자금 하나 제대로 회수하지 못하고, 폐장하게 된다. 아직도 그것만 생각하면 이가 갈렸다.

그만큼 테마파크 사업은 리즈 스멜트에게 있어서 치욕적이고, 뼈아픈 실패였다.

'와, 기가 막히네.'

자세한 사정을 듣게 된 지우는 속으로 입을 다물지 못했다.

'자성 그룹의 회장이 독하다는 건 들었지만 장난이 아닌데? 정말 대단해.'

한도정이 코앞에 있으니 차마 말할 수 없었지만, 솔직히 자성 그룹의 손속은 입이 떡 벌어질 정도로 대단했다.

경쟁사의 정보를 미리 알아냈을 뿐만 아니라, 온갖 수법을 동원해서 개장을 늦추고 악성 루머를 만들어 냈다.

그리고 그 틈을 노려서 늦게 시작한 사업을 크게 키워서 결국 현재 국내 최대의 테마파크로 성장시켰다.

그야말로 극악무도한 기업이었으나, 그 능력만큼은 인정하지 않을 수가 없었다.

괜히 리즈 스멜트의 경쟁사가 아니다.

"덕분에 테마파크 사업을 다시 하려고 해도 자성 그룹은 물론이고 언론에서도 30년 전 일을 들먹이니 할 수가 없네."

한도정은 생각만 해도 열이 받는 듯, 짜증스러운 기색을 내보였다.

그러자 분위기가 좋지 않게 돌아가는 걸 눈치챈 지우가 재빨리 그의 비위를 맞춰줬다.

"그것참 똥물에 튀겨도 시원치 않을 놈들이군요. 만약 제 앞에 있었더라면 가만두지 않았을 겁니다. 아무리 그래도 그런 비겁하고 악랄한 행동을 하다니⋯⋯."

정지우가 할 말은 아니다.

"고맙네⋯⋯ 아, 이런. 열 뻗히는 얘기를 하다 보니 그만 말이 도중에 샜구먼."

한도정이 분위기를 전환시키려는 듯 너털웃음을 흘렸다.

"자네가 도와 달라는 건 그다지 어렵지 않는 일이네. 테마파크를 세울 적당한 땅을 알아봐 달라는 거지?"

"예, 그렇습니다."

어차피 테마파크의 전체적인 디자인이나 놀이기구 등은 치트나 다름없는 드워프가 있으니 걱정할 필요가 없었다.

그 외에도 자질구레한 몇 가지 일이 있으나, 그건 나중에 차차 생각하면 된다.

지금 제일 큰 문제는 테마파크를 설립할 땅이었다.

"그다지 어려운 일은 아니네. 내 근시일 내로 소개시켜 주지."

"감사합니다."

"그리고……도움을 주는 조건으로 나도 하나 부탁해도 되겠나?"

"네, 물론이죠."

차마 '예? 부담스러워서 싫은데요.'라고 할 순 없었다.

뭐만 하면 공짜로 처리하려는 날도둑 같은 심보!

도둑놈도 이런 도둑놈이 없었다.

제6장

자네, 혹시 섬을 사 본 적이 있나?

　"만약 자네가 테마파크에 자신이 있다면, 부디 리얼라이즈 랜드에게 만큼은 지지 말아주게. 만약 그들의 코를 납작하게 만들어 준다면 설마 임원진 모두가 반대해도 자네와 딸의 관계를…… 말 안 해도 알겠지?"

　임원진의 반대에 대한 온갖 걱정과 스트레스를 묵인할 정도로, 테마파크로 자성 그룹에게 한 방 먹이는 건 그만큼 한도정과 리즈 스멜트에게 있어서 가치가 있었다.

　아니, 설사 출신 성분을 중요시하는 그들이라고 해도 리얼라이즈 랜드에게 타격을 준다면 지우를 좋게 보고 받아들일지도 모르는 일이다.

이에 지우는.

'다이아수저인 소라 씨와 친구가 될 수 있다는 건가. 과연, 그 정도 복수는 해 줘야 재벌3세랑 친구가 될 수 있지.'

여전히 답이 없었다.

*　　　　*　　　　*

"자네, 혹시 섬을 사 본 적이 있나?"

"뭐요?"

인천국제공항에서 북서 방향으로 얼마 되지 않는 거리에는 삼신도(三信島)라는 이름의 세 개의 섬이 있다.

첫 번째 섬인 일신도(一信島)의 전체 면적은 약 7제곱킬로미터이며, 크지도 않고 작은 것도 아닌 섬이었다.

그 뒤로 두 번째 섬인 이시도(二矢島)는 일도의 반 정도의 면적이며, 세 번째 섬인 삼모도(三茅島)는 일도의 반의 반 정도 되는 작은 섬이다.

참고로 삼신도 간의 거리는 그다지 멀지 않다. 약 1킬로미터를 살짝 넘는 정도다.

"섬을 구입해서 그 전체를 테마파크로 이용하는 건 어떻겠나?"

"아니, 그게 무슨……."

테마파크를 설립할 넓은 땅을 소개시켜 달라고 했지만,
설마 섬을 소개시켜 줄 줄은 꿈에도 몰랐다.

"저, 한도정 부회장님. 절 높게 봐주시는 건 감사하나 제
가 섬을 살 정도로의 부자는 아닙니다."

"하하, 설마 내가 자네의 재산을 모르고 섬을 사라며 권
했겠나? 걱정하지 말게. 내가 말한 섬은 생각보다 별로 안
비싸네."

뭐라고?

뭐가 별로 안 비싸?

"그 섬은 사람이 살지 않는 무인도라서 그렇게까지 비싸
지 않네. 게다가 공유지가 아니라 사유지라서 소유자와 적
당히 합의만 한다면 전혀 문제가 없는 땅이지."

"사유지요? 우리나라에서 섬 세 개를 소유할 정도면 대
체 어떤 부자입니까?"

"아, 삼신도의 소유자들은 다들 다르니 오해하지 말게.
참고로 내가 사라는 건 삼신도 중에서도 면적이 가장 넓은
일신도일세."

섬을 세 개나 보유한 막장 인간이 누굴까 했는데, 그게

아니라서 나름 아쉬웠다(?).

"원래 그 섬은 개인의 별장 겸 휴가지로 쓰였네. 하지만 본래의 소유자가 해외의 다른 섬으로 휴가지를 변경하려고 하여 부자들 사이에 매물을 내놓았지. 마침 인천공항과 가까워서, 살지 안 살지 고민하고 있었네."

'미친.'

죽창! 죽창이 필요하다!

부자도, 거지도 죽창 앞에선 평등하리라!

'집? 건물? 진짜 부자들은 규모부터가 다르구나.'

일반 사람들은 감히 상상도 하지 못할 거래 규모였다.

동네 전체를 구입하는 것도 아니고, 섬 하나를 두고 거래한다.

솔직히 상상을 초월하는 거래라서 현실감이 안 느껴질 정도였다.

아무리 사람이 살지 않는 무인도라고 해도, 그래도 섬은 섬이다. 섬을 거래로 하는 것은 차원이 다르다.

'하지만…… 그래도 정말 괜찮은 자리다.'

섬 자체가 테마파크!

상상만 해도 흥분됐다.

7제곱킬로미터 전체를 모두 개발해서 테마파크로 쓸 수

는 없겠지만, 그래도 어마어마한 정도의 크기였다.

어쩌면 세계 최대 크기의 테마파크가 탄생할지도 모른다.

게다가 공항에서 얼마 멀지 않는 장소에 있으니, 외국인 방문도 보다 많을 것이다.

사실상 최고는 서울에 테마파크를 세우는 것이 좋지만, 애석하게도 대한민국 땅이 그렇게까지 넓지는 않으니 설립할 수는 없었다.

또 땅값을 생각하면 거의 불가능하니 말이다.

'그야말로 언제든지 현실에서 도피할 수 있는 꿈과 환상의, 아니 판타지의 나라로구나. 해볼 만하다.'

일신도는 본래 소유자의 별장 외에는 개발 하나 되지 않은 섬이고, 현재 사람도 살지 않고 있었다.

비록 재산 대부분을 소모하겠지만, 그래도 사 볼 만하다.

"내가 알기론 자네가 음원 사업으로 수백 억 정도는 벌었다고 했으니, 충분히 좋은 거래를 할 수 있을 걸세."

"감사합니다. 덕분에 좋은 사업을 할 수 있을 것 같습니다."

테마파크가 망한다면 섬을 산 것도 터무니없는 사치 행위로 전락되겠지만, 상관없었다.

지우는 이번 테마파크 사업이 성공할 것이라는 것에 확신하고 있었다.

세계에서 가장 유명한 테마파크들과 비교해도 결코 지지 않을 것이라 생각했다.

"그렇다면 다행이네만……그리고 — 지우 군, 이라 했나."

"예."

"이미 늦었겠지만, 알다시피 테마파크처럼 대규모 사업이 결코 쉬운 일은 아닐세. 자네가 어떤 계획을 지니고 있는지는 모르겠지만, 만약 그 사업이 실패한다면 자네는 모든 걸 잃을 걸세."

한도정은 테마파크 사업이 실패하면 그 손해가 얼마나 막대한지 잘 알고 있다. 한 번 실패했기 때문이었다.

리즈 스멜트조차도 부담스러운 손실을 입었는데, 개인이 실패한다면 그 뒷감당은 결코 감당할 수 없다.

어쩌면 세이렌을 포함하여 지우가 손에 쥐고 있는 사업장이 모두 공중으로 날아갈지도 모르는 일이었다.

'하지만 망한다면 그 정도까지의 사람인거지.'

만약 그가 실패할 경우, 결코 재기할 수 없을 것이다. 그리고 사위 후보에서 떨어져 나가는 건 두말할 것도 없었다.

지우가 리얼라이즈 랜드에게 한 방 먹이는 것은 기대가

되는 일이지만, 그렇다고 직접적으로 도와줄 생각은 없었다. 처음에 말했던 것처럼 간단한 조언 정도나, 이 정도의 일 처리 정도였다.

한도정 자신은 그의 투자자가 아니다. 그렇다고 정지우라는 인간을 호의적으로 생각하여 돕는 것도 아니었다.

그저, 어쩔 수 없이 딸의 부탁에 약간이나마 눈감아 준 것뿐이었다.

원래 한도정 역시도 아버지인 한도공처럼 철저하게 공과 사를 구별하는 인간이다. 이번 일 자체가 상당히 파격적인 편이었다.

'애초에 아무런 생각과 준비도 하지 않고, 뜬금없이 테마파크를 하겠다는 것이 말도 안 돼.'

모든 사업이 응당 그렇듯, 시작할 때는 수많은 준비와 생각, 그리고 나름대로 자신의 선택과 결정이 필요하다.

만약 그거 하나 생각하지 못하고 그냥 무작정 테마파크를 하겠다고 나선 것이라면, 결코 딸에게 그런 인간을 허락할 수 없다.

분명 리즈 스멜트 가문에 들어오자마자 고삐 풀린 망아지처럼 생각 없이 날뛰다가 큰 손해를 낼 것이다.

물론 그렇게 놔둘 생각은 없겠지만, 어쨌거나 그런 인간을 가족으로 받아들일 수는 없다.

"또한 조언도 해 줬고, 소개도 시켜주겠네만 — 선택은 자네 몫일세. 정 아니라면 여기서 물러나도 좋네."

한도정은 지금까지 지우에게 섬을 꼭 구입해야 한다고 강조하거나 강요한 적은 없었다. 어디까지나 이러는 것이 좋을 것이라고 정말 말 그대로 조언만 했을 뿐이었다.

나중에 혹시라도 그가 한도정 자신을 손가락질하며 '너 때문에 망했잖아!' 라는 일을 피하기 위해서였다.

"그 정도 각오는 되어 있으니 걱정하실 필요 없습니다. 또한 실패한다고 부회장님께 따질 생각도 없고요."

지우는 피식 웃으면서 걱정 말라는 듯 눈을 반짝였다.

'그래, 절대로 실패할 리 없다.'

한도정이 우려하는 것처럼, 지우는 결코 생각 없이 테마파크 사업을 하겠다고 나선 것이 아니었다.

다른 테마파크와 경쟁해도 지지 않을 정도로의 비장의 카드들이 얼마든지 준비되어 있기 때문이었다.

드워프의 손길이 닿은 예술적 가치를 지닌 놀이기구.

동화에서 나올 법한 외모를 지닌 요정족 직원들.

그 외에도 갖가지 매력을 지닌 이종족들까지!

거기에 섬 전체를 판타지의 나라처럼 테마파크로 모두 쓰이니, 테러를 당하지 않는 이상 망할 리 없는 사업이었다.

그도 나름대로 고심하고, 테마파크 계획을 짜고, 수많은
칼럼과 서적 ― 그리고 기업 조사 등을 통해 열심히 조사했
다. 퍼레이드, 마술쇼, 이벤트 등…… 수면 시간까지 줄일
정도로 이번 사업에 심혈을 기울였다.

이건 결코 오만이나 자만 따위가 아니다.

앱스토어의 '기적'과 더불어 수많은 지식과 인맥 등을
동원한 통계 끝에 생각해낸 '확신'이자 '사실'이었다.

'허, 어쩌면 상상 이상으로 거물일지도 모르겠구나.'

한편, 그 사정을 모르는 한도정은 지우를 달리 보며 속으
로 연신 감탄을 흘리고 있었다.

아직 서른도 되지 않은 어린 애송이가 리즈 스멜트조차
실패했던 테마파크 사업을 꺼내서 성공하겠다는 자신을 가
지는 것도 대단했지만, 그의 몸에서 흘러나오는 기백이 보
통이 아니었다.

'마치…… 아버님과 같지 않은가.'

주변을 압도하고 휘어잡는 자신감. 그리고 카리스마.

웬만한 기업가들조차 가질 수 없는 ― 말로 형용하기 힘
든 분위기 같은 것이 지우에게서 흘러나왔다.

한도정은 그 기백에 자기도 모르게 압도되어 목을 살짝

움츠리고 식은땀을 흘렸다.

어릴 적 보았던 아버지의 모습과 너무 닮았기에.

'허허, 아버님이 왜 저 아이를 사위로 생각하고 있는지 알겠구나. 그래, 저 눈과 분위기를 보고 반하신 건가.'

목표를 위해서 포기하지 않는 집념의 눈동자.

욕망으로 얼룩졌지만 모순적이게도 동시에 깨끗하고 선명한 느낌이 났다.

그리고 블랙홀처럼 주변을 빨아들이는 저 기세!

계속해서 감탄이 멈추지 않을 정도의 평가가 계속되자 어느새 한도정의 머릿속에서 지우는 사위 후보들 중에서 상위권으로 격상됐다.

'음, 그래. 역시 사람은 만나 봐야 알 수 있지. 이렇게 보니까, 남자에 관심 없던 그 애가 반한 것도 이해가 가는구나.'

탐탁지 않고, 미묘하고, 불안하고, 그저 그랬던 지우가 정말 짧은 순간에 수많은 남자들을 제치고 정상을 차지했다.

'음, 저 아저씨는 왜 저렇게 또 나를 노려보는 걸까. 혹시 저 아저씨가 내 테마파크가 대박이라는 걸 눈치채고 섬을 소개시켜 준(?) 대가로 밥숟가락을 올리려는 건 아니겠지?'

욕심으로는 둘째가라면 서러운 지우가 벌써부터 주변을 경계하기 시작했다.

'하여간 있는 놈이 더한다고 하더니만, 그 말대로구나. 에잇, 치사하고 더러워서 진짜.'

자기 밥그릇이 뺏기지 않도록 지우도 두 눈을 부릅떴다.

'어딜 넘봐요, 아저씨. 섬을 중개해 준 것은 고맙지만 그래도 테마파크 이익은 다 내 겁니다. 아무도 안 줄 겁니다.'

틀렸다. 오해도 이런 오해가 없다. 슬슬 그의 두개골을 열어서 확인해야 할 정도다.

사람이 돈에 미치면 정신 체계가 이렇게까지 망가지는 걸까?

'후우, 어쨌거나 이걸로 장소도 구했으니 당분간은 테마파크 설립 일로 바쁘겠네. 오랜만에 술 좀 마실 생각을 하니 벌써부터 머리가 지끈지끈 아파오는데.'

드워프들을 상대하려면 맥주를 대량으로 준비하고, 질릴 정도로 퍼마셔야하기 때문이었다.

'아, 그런데 테마파크 설립이 결정됐으니 이제 이름도 지어야겠네. 뭐 괜찮은 이름 없을까?'

머릿속으로 몇 가지 예시가 지나갔다. 하지만 생각하면 생각할수록 고민은 깊어져갔다.

이 이름을 하면 저 이름이 아쉽고, 저 이름을 하면 이 이름이 아쉽다.

결국 정지우가 고민 끝에 선택한 건.

'귀찮다. 그냥 로드 랜드로 하자.'

지겨운 로드 시리즈였다.

*　　*　　*

섬을 사고파는 건 생각보다 오래 걸리는 일이 아니었다.

한도정에게 소개받은 섬 소유자와 만난 뒤, 간단하게 식사를 함께하고 대화 끝에 구입하는 걸로 끝났다.

서류 처리 등은 전의 소유자가 알아서 처리해 주겠다고 했고, 또 한도정이 보증인으로 나서서 소개해 준 사람이었기 때문에 사기를 치고 도망칠 걱정을 할 필요도 없었다.

거래는 매우 안전적으로, 그리고 빠르게 처리됐다.

"내가 설마 살다 살다 섬을 구입할 줄은 몰랐네."

섬을 구입하고도 어안이 벙벙했지만, 통장에 수백억 원이 빠져나간 걸 보고나서야 실감이 났다.

"그래도 생각보다 비싸진 않았어."

보통 섬을 구입한다고 하면 억 원이 아니라, 조 단위일

줄 알았다. 하지만 생각보다 가격이 저렴(?)한 편에 속했다.

일신도는 한도정이 미리 설명했던 것처럼, 별장을 제외하곤 개발이라곤 단 하나도 되지 않은 무인도였다.

게다가 채취할 자원도 몇 없어서 그런지 가치가 적은 편에(?) 속했다.

물론, 어디까지나 생각한 기준에서 적다는 뜻이다. 지우 역시 이번 거래에서 자산 대부분을 상당히 소비했다.

"지우 씨, 이번에 국내의 섬을 하나 사셨다고 들었어요. 축하드려요."

한소라는 부친을 통해서 지우에 대한 소식을 전해 듣고 얼른 그를 찾아와서 축하해 줬다.

"예. 가, 감사합니다."

그런데 섬을 샀다고 해도 별로 놀란 모습이 아니다. 말하는 것만 보면 섬이 아니라 그냥 동네 음식점 하나를 개업한 걸 축하해 주는 느낌이었다.

이에 한소라는 그가 이상하게 생각하고 있다는 걸 귀신 같이 눈치채곤 친절하게 설명해 줬다.

"원래 예전부터 부자들 사이에서는 섬을 재테크 용도로 많이 갖고 있어서 익숙하거든요. 회장님께서도 해외와 국내의 섬을 몇 개 가지고 있어서 놀러간 적이 많아요."

이래서 다이아수저는!

섬을 구입한 장본인조차도 섬을 산다는 행위 자체가 너무 터무니없어서 현실감을 못 느꼈을 정도다.

또한 평범한 사람들인 자신의 가족들이나, 김수진이 이 이야기를 듣는다면 곧바로 농담으로 치부하거나 너무 놀라서 혼절할지도 모르는 일이다.

그런데 한소라의 반응을 보니 과연 리즈 스멜트의 손녀는 대단하다고 절로 생각하게 됐다.

사실, 한소라의 경우는 어릴 적부터 워낙 스케일이 다른 집안에서 자라나 보고 들은 것이 범상치 않은 것도 있어서 그렇기도 했지만, 한 가지 이유가 더 있었다.

그녀 자체가 뛰어나기 때문이었다.

한소라는 차기 사장 후보로 거론될 정도로 일찌감치 능력을 인정받아 리즈 스멜트에서 일해 왔다.

당연히 수백억 원이 오가는 거래도 몇 번 도맡은 적이 있어서, 그것과 비교하면 지우의 섬 매매는 솔직히 그렇게까지 대단하거나 놀라운 일은 아니었다.

참고로, 지우가 섬을 산 사실은 공론화되지는 않았다.

딱히 무슨 손을 쓴 것은 아니었지만, 섬을 매매한 장본인들과 한도정 등이 이 거래를 주변에 알리지 않아서 그렇다.

"어디보자······ 다음 일은 드워프의 고용인가."

땅은 준비가 됐으니, 그 위에 테마파크를 세워야했다.

아이디어만 제공해 주면 드워프들이 알아서 디자인, 건물 구조 등을 해결해 주니 걱정할 필요가 없었다.

다만 일반 건설업자들에게 부탁하는 것보다 많은 돈이 들겠지만, 로드 랜드를 어중간하게 만들 생각도 없으며 또 가격만큼 확실한 퀄리티가 나오니 이 정도 투자는 아깝다고 생각되지는 않았다.

"오랜만에 손맛 좀 느낄 수 있는 크기의 일이구만 그래. 좋아, 아주 마음에 들어. 우리에게만 맡겨 주게."

예전에 양로원 건물을 맡겼던 드워프들을 다시 소환하여 맥주를 먹여 주고 테마파크를 의뢰했더니, 그들은 활짝 핀 꽃처럼 웃으며 좋아했다.

드워프는 예술의 종족. 굳이 일이 아니더라도 무언가 창조하거나 보수하는 것을 환장할 정도로 좋아한다.

덕분에 테마파크 건설은 평소에는 할 수 없었던 일이라면서 뜨거울 정도로의 열의를 보이며 적극적인 설계에 들어섰다.

"어디보자, 그럼 다음은 이차원고용인가."

건설 다음으로 중요한 건 역시 이번 사업의 중심인 이종족이다.

어떤 종족을 고용하고, 또 어떤 곳에 배치하여 무슨 이벤트를 기획하는 것에 따라 테마파크 사업의 결과물이 달라질 것이다.

"흠, 어차피 급한 것 아니니까 설계도가 완성되면 결정하자."

이차원고용의 인력(?) 공급은 상당히 편리하다. 시간이 지나면 고용할 수 없는 것도 아니고, 시급이 오르는 것도 아니니 나중으로 미뤄도 상관없었다.

"그럼 이제 슬슬……."

섬을 구입하고, 이런저런 일을 처리하다 보니 시간이 금방 지나가서 이 주일 정도가 흘렀다.

그 시간 동안 자신의 동맹원들이 잘 활동하고 있나 궁금해진 지우는 먼저 알렉산드라에게 연락했다.

— 마침 저번의 일로 널 만나러 가려했는데 잘 됐네. 내일 비행기로 한국에 갈 테니까 주소를 불러 줘.

"저번의 일이라면……."

언컨쿼러블과 디스페어의 동향에 대해서다.

— 중국의 쌍둥이도 한국으로 불러. 그쪽의 뒤처리도 거의 다 끝난 걸로 알고 있거든.

"그래."

지우는 알렉산드라에게 만날 장소를 가르쳐 준 뒤, 자오웨와 칭후에게도 연락해서 만남 일정을 전해 줬다.

— 이런, 마음 같아선 저도 달려가고 싶지만 저희는 일주일 정도 늦을 것 같아요. 아직 처리할 일이 몇 개 남아서요.

아아아아악!

"……."

수화기 너머로 남자의 고통으로 가득 찬 끔찍한 비명 소리가 들려왔다.

그녀가 대체 무슨 일로 늦어지는지 약간의 의문이 들긴 했지만, 그 사정을 파고들어서 묻고 싶지는 않았다.

"알겠습니다. 그럼 그때 뵙겠습니다."

통화를 끝낸 뒤, 알렉산드라에게도 자오웨와 칭후의 요청으로 인해 일정을 늦춰야할 것 같다고 전했다.

"그럼 그동안 시간이 비는데…… 좋아, 돈이 아직 좀 남았으니 집이나 사야겠어."

섬으로 많은 돈을 썼지만, 그렇다고 전 재산 모두를 소모한 것은 아니라서 여유 자금도 남았다.

참고로 지우는 부자가 된 이후로도 평범한 전셋집에서 살고 있었는데, 딱히 이사할 필요성을 못 느껴서 그렇다.

어차피 혼자 살고 집 안에 딱히 크고 많은 짐도 없어서 그랬다.

　하지만 최근 언론에 주목을 받고, 이름과 얼굴의 유명세도 높아지다 보니 집으로 별별 사람들이 찾아오고 있었다.

　기자부터 시작해서 잡상인, 종교 권유, 돈을 빌려달라는 미친놈들 등 정말 별별 인간들이 찾아왔다.

　덕분에 이웃들이 시끄럽다거나 혹은 민폐라고 신고를 해오고, 집주인도 미안한 얼굴로 주변의 신고가 너무 많아서 전세금을 돌려줄 테니 방을 빼야할 것 같다고 말했다.

　"마침 한남동에 매물 하나 나온 게 있으니……."

　한남동은 대한민국의 대표적인 부촌 중 하나로서, 재벌 가문의 일가족들과 더불어 각국의 대사, 주식 부호 등 상류층 사람들이 거주하고 있다.

　으리으리한 저택들이 자리 잡고 있으며, 지우는 그중 하나를 적당히 골라서 구입했다.

　"솔직히 혼자 사는데 이렇게까지 큰 저택이 필요할까 싶지만…… 이왕 사는 김에 좋은 걸로 사지 뭐."

　지우는 난생 처음으로 최대의 사치를 맘껏 부렸다.

　섬을 매매한 덕분에 그의 금전 감각 역시 여타 부자들과 비슷하게 변해서 점점 씀씀이가 커졌다.

"이삿짐센터에 연락을 해 뒀으니 알아서 처리할 거고, 이제…… 응?"

우웅. 우웅.

주머니에서 진동이 느껴져서 뭔가 했는데, 전화였다.

"무슨 일이야?"

— 앞으로 2시간 뒤에 한국에 도착할 것 같아.

발신자는 알렉산드라였다.

"잠깐, 약속 일정까지 아직 4일 남았는데 왜 벌써?"

집을 구하고 이런저런 처리하면서 3일을 보냈다.

— 할 일이 없었으니까.

"……끄응. 알았어. 마중 나가마."

저번에 연락을 통해서 알렉산드라가 한국에 있는 동안 취식과 잠자리 문제를 해결해 주기로 했다.

만약 제주도에서 만나는 것이었으면 자오웨가 대주주로 있는 골드 그랜드 호텔이 있으니 문제없었지만 — 이번에 만남 장소는 서울이었다.

"제길. 귀찮게 됐네."

4일 뒤에 일정을 맞췄기 때문에, 운전기사가 휴가로 자리를 비운 상태였다.

그렇다고 자신의 편함을 위해서 휴가를 나간 사람을 강

제로 부를 정도로 성격 파탄자는 아니었기 때문에, 할 수 없이 실로 오랜만에 대중교통을 이용했다.

"으음. 예전에는 그렇게 실컷 타던 거였는데, 오랜만에 이용하니 또 감회가 새롭네."

세이렌을 인수한 이후, 전용 차량과 운전기사가 항상 붙어 있어서 대중교통을 이용할 필요가 없었다.

혹여나 급한 일이 있다면, 인적이 드문 장소를 이용해 텔레포트를 연달아 사용했기 때문에 대중교통은 쓰지 않았다.

지우는 서울역에서 공항 철도를 이용해 인천 국제공항으로 향했다.

"저 사람 어디서 많이 본 것 같지 않아?"

"그러게. 어디였지……."

"연예인은 아닌 것 같은데."

가는 도중 몇몇의 탑승객들은 지우의 얼굴을 보고 고개를 갸우뚱했으나, 결국은 알아보지 못했다.

지우가 아우라를 최저로 낮춘 연유도 있었지만, 그의 특색 없는 얼굴 때문이기도 했다.

또한 사람들은 설마 대표 이사나 되는 사람이 대중교통을 이용할 줄은 상상도 못 해서인지 개중에는 지우를 알아봐도 다들 하나같이 '설마, 아니겠지?'라면서 그저 닮은 사람일 것이라며 그냥 넘겨버렸다.

'뭐지, 나 생각보다 별로 안 유명하나…….'

이사하기 전, 항상 집에 기자들이나 혹은 별별 잡상인이 끊임없이 찾아와서 유명인으로서 힘들다고 생각했다.

그런데 정작 대중교통을 이용하는데도 사람들이 자신을 알아봐 주지 못하자, 괜스레 부끄러워진 지우였다.

결국 그는 지하철을 타고 별 문제없이, 정말 조용하고 태평한 시간을 가진 끝에 공항에 무사히 도착할 수 있었다.

＊　　　＊　　　＊

힐끗힐끗

웅성웅성

하루에도 수많은 내국인과 외국인이 왕래하는 인천 국제공항은 다른 때보다 더 시끌벅적했다.

"뭐지, 왜 이렇게 소란스럽지?"

연예 전문 언론매체, 포춘텔러(Fortune—teller)의 기자 황정석은 고개를 갸웃했다.

"아직 도착하기엔 멀었는데."

오늘, 외국으로 영화 촬영을 위해서 출국해 있던 여배우 한 명이 귀국할 예정이긴 했다.

그 증거로 공항 게이트 근처에 여배우의 팬덤과 더불어 기자들이 준비하는 모습이 몇몇 보였다.

하지만, 여배우의 귀국 예정 시각은 앞으로 6시간 뒤다. 팬덤도, 기자들의 숫자도 적었다.

게다가 생각보다 주변 분위기가 소란스럽다. 이상함을 느낀 황정석은 눈을 매섭게 뜨며 주변을 둘러봤다.

"분명 이 분위기의 정체가 있을 텐……어억."

황정석이 주변을 살피는 도중 한 곳에 시선을 고정시키고 억 소리를 내면서 넋 나간 표정을 지었다.

입가에서 침이 질질 흐를 정도로 멍한 표정이었다.

공항에 배치된 수많은 의자 중 하나. 그 위에 유독 눈에 띄는 여인이 무료한 표정을 지은 채 앉아 있었다.

왠지 신비로운 분위기를 풍겨내는 회색 머리카락, 정장에 가려져 있는데도 눈에 돋보이는 몸매와 졸려 보이는 눈이 흠이긴 하지만 미모의 생김새까지. 해외의 유명 모델이 아닌가 싶었다.

특히 그녀에게서 주변을 휘어잡는, 말로 형용할 수 없는 분위기는 누구건 간에 돌아볼 만큼 압도적이었다.

황정석은 공항에 있는 사람들에게 형성된 이상한 분위기가 뭐 때문인지 이해할 수 있을 것만 같았다.

사람들, 특히 남자들은 지나갈 때마다 성별을 불문하고 모두 저 미모의 여성을 쳐다봤다. 유부남의 경우는 아내에게 빈축을 삼에도 불구하고 그녀를 쳐다봤다.

이에 황정석은 자기도 모르게 반사적으로 카메라를 들어 미모의 여인을 몰래 촬영하려했다.

"어?"

하지만 그 덕분에 정말 생각지도 못한 인물을 발견하게 됐다.

모든 남성들의 부러움을 받으며, 미모의 여인에게 접근한 남자가 있었는데, 그는 황정석이 잘 아는 인물이었다.

"미친, 저거 로드 기업의 정지우 이사 아니야?"

제7장

스캔들과 야동 속에서
복수를 다짐하다

　[단독] 로드 기업의 대표 이사, 러시아 미녀와 공개적 열애?

　[Fortune─teller=황정석 기자] 사진 속의 주인공은 최근 대기업으로 성장한 '로드' 기업의 젊은 대표 이사이자 하얼빈 러시아 마피아 전쟁의 피해를 입은 중국인들에게 5억 원을 기부하여 화제가 된 정지우(26)다.

　6월 X일, '포츈텔러'가 인천국제공항에서 당일 귀국하기로 예정된 여배우의 취재 준비를 하려다가 우연찮게 정지우 대표 이사가 수행원도 없이 혼자 여성과 만나는 것을 목격했다.

여성 쪽의 신상은 아직 알려지지 않았으나, 정지우 대표 이사는 얼마 전만 해도 러시아의 하바로프스크에 있었으니 아마도 여성은 러시아인일 가능성이 높다.

한편, 정지우 대표 이사의 열애설을 접한 누리꾼들은 "정지우, 돈도 많고 미녀 만나서 부러워.", "러시아 여성, 모델급. 누군지 궁금해.", "정지우, 공개 연애 확실해." 등 반응을 보였다.

〈사진=황정석 기자〉

포츈텔러는 겉으로만 연예 전문 언론업체지만, 사실은 파파라치 언론 매체이자 대표적인 황색언론 중 하나이다.

대한민국의 대표적인 찌라시며, 또 그놈의 '알 권리'를 악용하여 유명인들의 사생활을 심각하게 침해하는 곳으로 언론 매체 중에서도 상당한 악명을 떨치고 있다.

또한, 포츈텔러는 연예계와 방송계에서도 취재 불가능 대상 중 한 명인 지우를 거리낌 없이 거론할 수 있는 몇 안 되는 언론사 중 하나이기도 했다.

그 연유를 살펴보자면, 포츈텔러가 이미 상당한 막장 언론이자 범죄 집단으로 취급받고 있기 때문이었다.

포춘텔러는 특종, 아니 기사를 위해서라면 집요하다는 말로는 부족할 정도로 불법적인 스토커 행위까지 포함하여 수단과 방법을 가리지 않는다.

아무리 알 권리라고 해도, 하루 온종일 쫓아다니고 업무 외에 휴식 시간에도 따라붙는 건 심각한 사생활 침해였다.

그러다 보니 포춘텔러는 좋은 의미로도 나쁜 의미로도, 권력에 굴하지 않는(?) 언론사가 됐다.

심지어 언제는 한 번 소속 기자가 포춘텔러의 경영자를 스토킹해서 연예인과 몰래 열애하던 걸 촬영해서 기사로 내는 일도 있었다고 한다.

"제기랄! 빌어먹을 파파라치!"

새로운 보금자리에서 기사를 확인한 지우는 얼굴을 걸레 짝처럼 구기며 욕설을 내뱉었다.

"내가 너무 안일했어……."

알렉산드라와 함께 사진이 찍힌 것은 심각한 일이었다.

열애 사실이 공개됐다, 라는 건 솔직히 어찌 됐건 상관없다. 그냥 부인하면 그만이었다.

하지만 그녀와 함께 언론에 노출된 것 자체가 문제였다.

"그래, 매우 곤란하네."

알렉산드라도 지우의 말에 동의했다.

두 남녀가 걱정하는 건 언컨쿼러블과 디스페어였다.

언컨쿼러블과 디스페어는 따로 알렉산드라를 직접적으로 주시하고는 있지 않지만, 그래도 신경은 계속해서 쓰고 있다. 만약 이 기사가 그들에게 들어간다면 문제가 된다.

당연히 신경 쓰이는 사람의 주변 사람들에 대해 조사하게 될 것이고, 그들의 정보력이라면 자연스레 지우에 대해서 대충 눈치챌 것이다.

그렇게 되면 두 조직에게 선공할 수 있는 기회가 없어진다.

"하아……."

지우는 음울한 얼굴로 한숨을 내쉬었다. 그는 스스로의 멍청함을 저주했다.

공항에 갔을 때는 아우라를 최저로 낮췄으니 문제가 없을 것이라 생각했다. 실제로 그동안 이 방법이라면 대부분의 은신이 해결됐으니 문제없을 거라 생각했다.

하지만 자신과 곁에 있었던 알렉산드라가 문제였다. 그녀가 너무 눈에 띄어서 덩달아 자신도 눈에 띌 수밖에 없었다.

아우라라는 것은 단계를 최저로 내려도 무조건적으로 은신이 되는 건 아니다. 어디까지나 약간의 방지 정도뿐이다.

만약 사용자가 단번에 눈에 띌 만한 행동을 한다거나, 혹은 자신이 돋보이게 되는 장소나 사람 근처에 있게 되면 아우라의 영향력이 거의 없어지는 것이나 마찬가지였다.

참고로 이번 일은 알렉산드라에게 근처에 있어서, 덩달아 자신도 주목을 받아 버렸다. 아주 성가신 문제였다.

방송화류협회 사건 이후, 많은 약점을 잡은 뒤에는 방송국과 언론사가 대충 자신을 피하고 있다는 걸 눈치채게 된 이후로 자신감이 생겨서 너무 안도하고 있었다.

그 방심 때문에 결국 이런 사태를 만들었다.

"아마추어 같이 일 처리를 하면 곤란해. 만약 쌍둥이가 이 자리에 있었다면 너를 욕하고도 남았을 거야."

알렉산드라가 혀를 차면서 그를 비난했다.

"나는 네가 당연히 언론과 정보의 통제를 하고 있다고 생각했어. 이건 아주 기본적인 거니까."

알렉산드라와 자오웨도 필요 이상으로 눈에 띄지 않기 위해서, 항상 언론과 정보를 손에 쥐고 조정하고 있었다.

비록 힘들고 지치는 일임에도, 앱스토어의 다른 고객들에게 정보를 흘린다면 그것이 더 손해이기 때문이었다.

지우도 통제를 아주 안하는 것은 아니다.

방송화류협회에 관련됐던 인물들이 자신들을 피하고 두

려워하며 취재하기를 꺼려하는 걸 알고 있긴 했다.

"언론이란 건 생각보다 끈질기고 지독한 놈들이니 각별히 주의하도록 해…… 그나저나 이곳에는 어떻게 술이 하나도 없을 수가 있지?"

아까부터 냉장고와 찬장을 기웃거리던 알렉산드라가 여전히 피폐하고 음울하기 짝이 없는 얼굴로 중얼거렸다.

"뭐, 그래도 다행히 한국 언론에서 날 조사해 봤자 알아내는 건 없을 거야. 두 조직 때문에 여러모로 대비한 것이 많거든."

알렉산드라는 과거, 어린 시절부터 시작해서 의사로서 무슨 병원에서 근무를 했는지 어떤 환자를 진료했는지까지 모조리 기록의 제한을 걸어 두거나, 없애 버렸다.

"미안해. 알렉산드라. 내가 모두 책임지고 처리하도록 할게."

"정말 미안하다고 생각하면 대가를 지불해. 그게 우리들 사이에 딱 알맞잖아?"

"좋아. 터무니없는 부탁이 아니라면 얼마든지 지불하겠어. 너라면 돈은 필요 없을 테니…… 뭘 줄까?"

알렉산드라의 재산이 얼마나 있는지는 알 수 없지만, 적지는 않을 것이다.

하얼빈의 사업장을 건네받았을 때 자오웨의 표정을 생각
해 보면 자신보다 많으면 많았지, 결코 적지는 않을 것이라
생각했다.

"초코파이."

"뭐?"

"초코파이를 줘."

알렉산드라가 눈동자를 고요하게 빛내면서 요구했다.

솔직히 개인적인 부탁을 요구할 줄 알았던 지우는 알렉산
드라가 물질적인 것, 먹을 것을 요구하니 적잖게 당황했다.

"힘든가?"

알렉산드라가 어깨를 축 늘어뜨리며 시무룩한 모습을 보
였다.

'으윽.'

웬만한 남성이라면 홀라당 넘어가며 범죄를 저질러서라
도 약을 구해올 정도의 파괴력이었다.

사실, 그동안 알렉산드라는 마인드 컨트롤 때문에 위협
적으로 보였을 뿐 그녀 자체는 굉장히 매력적인 여인이다.

공항에서 알렉산드라를 넋 놓고 바라보고, 언론에서도
알렉산드라를 집중했던 건 그만큼 미모가 뛰어나기 때문이
다.

그 외에도 알렉산드라의 죽은 사람 같은 동태 눈깔 때문에 그 매력이 반감되긴 했지만 눈이나 음울한 분위기만 아니라면 충분히 슈퍼 모델급이라 할 수 있었다.

웬만한 남자들도 주눅들 정도로의 큰 키는 180센티미터가량 됐으며, 한 손으로 잡는 것이 불가능할 정도로 큰 흉부와 둔부를 보면 몸매가 정말 장난이 아니다.

거듭 말하듯이 눈매와 분위기만 아니라면 정말 웬만한 연예인도 꿇릴 것 없을 정도로의 미모를 가진 사람이 시무룩해하니 님프로 단련된 지우조차도 가슴이 떨릴 정도였다.

"아니, 뭐. 힘든 건 아닌데…… 정말 초코파이로 괜찮겠어?"

"초코파이를 무시하지 마. 그 과자는 한국, 아니 세계 최고의 발명이니까."

지우가 흡 하고 숨을 멈췄다.

자신의 말에 왠지 모르게 발끈한 알렉산드라가 코가 닿을 정도로 얼굴을 들이댔기 때문이었다.

"딱히 초코파이를 무시하는 건 아니라…… 정말 궁금해서 그래."

초코파이라면 지우도 먹어본 적이 있다.

초콜렛을 입힌 두 개의 비스킷을 마쉬멜로우로 접착한 흔한 과자가 아닌가. 그도 어릴 적에 많이 먹어봤다.

특히 훈련병 때나 이등병 때 먹었던 초코파이의 맛은 아직까지도 잊혀 지지 않는다. 물론 일병 때부터는 그다지 입에 대지 않고, PX의 다른 군것질 거리를 찾았지만 말이다.

그러나 국내에서 초코파이의 인기를 말하면 좀 애매하다.

확실히 인기가 없는 건 아니다. 나름대로 간식으로 먹기는 한다.

하지만 굳이 크게 찾아서 먹을 정도는 아니라고 할까, 정말 좋아하는 사람들을 제외하곤 그냥 입이 심심하고 주변에 초코파이가 있다면 초코파이를 먹는 수준이었다.

있어도 그만, 없어도 그만인 수준.

"초코파이라고 하면 당연히 한국의 것이니까. 러시아나 중국에서 만든 짝퉁은 초코파이가 아니라, 폐기물이야."

"초코파이 사랑 대단하네……."

알렉산드라에게서 느껴지는 무언의 압력에 지우는 삐질 땀을 흘렸다.

"어쨌거나, 초코파이가 그렇게 좋다면 얼마든지 사 줄게. 그리고 러시아에 돌아갈 때도 두둑하게 챙겨 줄 테니까."

"정지우, 네가 이렇게 좋은 사람인 줄은 몰랐어. 괜찮다면 진하게 입맞춤이라도 해 주고 싶은데."

얼굴은 여전히 딱딱하고 재미없어 보이는 무표정이었으나 알렉산드라는 호의 가득한 시선으로 지우를 쳐다봤다.

"아, 아니. 그 정도는 아니야."

지우는 땀을 뻘뻘 흘리면서 손사래를 쳤다.

'어쨌거나, 이번 실수를 교훈으로 삼아서 좀 더 조심하도록 하자. 역시 사람이 방심하면 안 돼.'

아직 언컨쿼러블과 디스페어에게 정체를 밝히기는 이르다. 되도록 몸을 숨기고, 힘을 기르고 적에 대한 정보를 모아야했다.

"그리고 네가 처리할 일은 사실상 별로 없을 테니 너무 걱정은 하지 마."

관자놀이를 꾹꾹 누르면서 어떻게 해야 할지 고민하는 지우를 보고 알렉산드라가 위로해 줬다.

"내 여권도 가짜인 데다가, 그 두 조직에게 알려진 은신처에 나를 대신할 카게무샤(かげむしゃ)를 두고 몰래 한국에 왔으니 해외로만 이 화제가 퍼지지 않는다면 그들이 눈치채기까지 정말 많은 시간이 걸릴걸."

"언론이나 정보 통제가 한 두 번이라고 아니라고 했는데 확실히 그 말대로네."

"누구와 다르게 아마추어가 아니니까."

"으윽."

틀린 말이라곤 하나도 없어서, 뭐라 반발할 수가 없었다.

그래도 알렉산드라는 신사적으로 자신을 대해 줬다. 만약 상대가 자오웨였다면 지금쯤이라면 속을 박박 긁어대며 비꼬는 어조로 마구 욕을 했을 것이다.

"그나저나, 아까부터 네 핸드폰이 계속해서 울리고 있는데…… 안 받아도 괜찮은 거야?"

알렉산드라가 직사각형 유리 탁자 위에서 불빛과 함께 반짝이고 있는 스마트폰을 손가락으로 가리키며 물었다.

"나도 받고 싶은데, 아직 어떻게 해명해야 할지 모르니까 좀 조용히 해 줘. 하아……."

아까 메시지를 확인해 보니 어머니가 제일 먼저 '여자친구가 있었으면 진작 말해 줬어야지!' 라면서 흥분해 있었다.

이걸 어떻게 설명해야 할까, 하고 생각하니 머리가 지끈거려오며 아파왔다.

알렉산드라라면 이미 자신과 가족들에 대해서 대충 알고 있겠지만, 그래도 아는 것과 직접 보는 것과는 다르다.

괜히 앱스토어의 고객들과 연관시키고 싶지 않은 지우의 입장에선 지금 어떻게 잡아 뗄까 하고 무척 고민이 됐다.

"뭘, 고민까지야. 그냥 '단순한 친구 사이'라고 둘러대."

알렉산드라는 이해가 안가는 듯 미간을 찌푸렸다.

"그렇게 말하면 언론사들이 옳다구나 하면서 비꼴걸."

언론사들이 지 멋대로 해석해서 보도하는 것도 문제였지만, 대부분 연예인들이 열애설이 터지면 '그냥 친한 오빠 동생.'이나 '친구' 사이라면서 변명하는 탓에 그걸 그대로 믿지 않게 됐다.

"성가시지만 어쩔 수 없지. 초코파이를 두둑하게 챙겨 준다고 했으니까 가짜 신분을 빌려줄게."

"가짜 신분?"

"러시아에 '브좁(вызов)'이라는 방산 업체에서 '나탈리아'라고 임원으로 올라와 있을 테니, 사업 관계라고 해."

어쩐지 하얼빈에서 범상치 않은 규모로 무기 밀매를 하더니만, 방산 업체의 임원이었다면 나쁘지 않았을 것이다.

물론 레드 마피아를 벌레 보듯이 혐오하는 러시아 정부에 발각되면 뼈도 추리지 못하겠지만, 위험을 동반하는 만큼 큰돈을 벌 수 있었다.

어차피 알렉산드라는 마인드 컨트롤이나 앱스토어에서

기존에 구입했던 상품이 있으니 문제도 없을 테고.

"확실히 나쁘지 않은 방법이긴 하지만, 아쉽게도 써먹을 수는 없겠네."

"왜?"

"내가 우리나라에선 이미지가 굉장히 좋은 쪽이라서 문제야. 방산 업체와 관련되어 있으면 조금 타격이 있을 것 같아서 그래. 그리고 대한민국 남자들은 특히 방산 업체라면 안 좋은 생각을 품고 있거든."

러시아는 모르겠으나, 대한민국의 방산 업체는 툭 하면 비리가 터지는 데다가 안 그래도 쥐꼬리만큼의 돈을 받는 군인들의 등골을 뽑아 먹는 악랄한 놈들이 대다수였다.

"그렇다면 '카운트리스(Countless)'의 '엘레나'를 찾아."

"그건 또 누구야?"

"카운트리스는 러시아에서 인기가 있는 대형 쇼핑센터 중 하나고, 엘레나는 내 또 다른 이름 중 하나로 카운트리스의 주주 중 하나야. 이 정도면 쓸 만하겠지?"

알렉산드라의 친절한 설명에 지우는 꿀 먹은 벙어리처럼 아무 말도 하지 못하고 서 있었다.

그녀가 대단하다고는 알고 있었지만, 설마 이렇게 다양한 신분을 지니고 있을 줄은 몰랐다.

"알렉산드라, 당신 진짜 이름이 대체 뭐야?"

혹시 알렉산드라라는 이름도 가짜가 아닐까 싶은 생각이 들 정도였다.

그러자 알렉산드라는 아무것도 아니라는 듯 무료한 표정을 유지한 채 친절하게 답변했다.

"한때 의사였던 알렉산드라가 맞아. 브좁의 임원인 나탈리아와 카운트리스의 주주는 앱스토어를 접한 뒤에 얻어 낸 자리니까 그렇게까지 놀랄 필요는 없어."

"하기야, 뭐……."

자신도 최근에 섬까지 구입한 재벌에 올랐다. 비록 알렉산드라가 지금은 정신적인 문제로 앱스토어를 이용할 수 없게 됐지만, 그 전에는 각종 수법으로 저런 자리에 충분히 오를 수 있었을 것이다.

"좋아, 그럼 기자회견을 열어야……."

띵동.

자리에서 막 일어나려고 할 때였다. 누군가가 초인종을 눌렀다.

"이상하네. 대체 누구지?"

한남동으로 새로 이사한 지 아직 하루도 채 되지 않았다.

가족들에게도 가르쳐 주지 않았으니, 이 집에 찾아올 사람이 있을 리 만무했다.

'혹시⋯⋯.'

일반인들이라면 확실히 이사한 당일 날 찾아올 수 없지만, 앱스토어의 고객일 경우는 그렇지 않다.

지우는 혹시 최악의 상황이 벌어진 것은 아닐까 하고 가정하면서 불길한 눈길로 침을 꿀꺽 삼켰다. 이마에 맺힌 땀방울이 또르륵 하고 아래로 굴러 떨어진다.

철컥.

"잠깐, 알렉산드라. 그건 또 뭐야?"

지우는 질겁하는 눈길로 알렉산드라를 쳐다봤다.

그녀는 품 안에서 막 권총 한 자루를 꺼냈다.

"길이 198mm. 950그램. 9mm 파라블럼 탄이 들어간 MP—443 가라치(Grach)인데⋯⋯ 역시 한국인 남자들은 모두 군대에 다녀와서 총에 관심이 많나 봐."

"환장하겠네. 우리나라는 총기 규제도 엄한데 그건 대체 어디서 구한 거야!"

"후후, 앱스토어의 고객에게 그런 걸 묻다니 제법 괜찮은 농담이었어."

알렉산드라가 재미있다는 듯이 음침하게 웃었다. 이에

지우는 골치가 아프듯이 손가락으로 관자놀이를 꾹꾹 누르면서 한숨을 푹 내쉬었다.

"알렉산드라, 날 미치게 하지 말아 줘. 그건 집어넣고 얌전히 여기에 앉아 있으라고."

"자기 몸은 자기가 지켜야 하는 법인데…… 네가 그렇게까지 말한다면 별수 없지."

알렉산드라가 아쉬운 듯 권총을 다시 품 안에 집어넣었다. 역시 레드 마피아들 속에서 구르다보니 그녀의 사고방식도 정상은 아니었다.

살아 있는 폭탄을 집 안에 들여놓은 지우는 한숨을 푹 내쉬곤 현관문으로 발걸음을 옮겼다.

'설마 정말로 다른 고객일 리는 없겠지. 아무리 그래도 국내에 있지 않는 한 이렇게까지 빨리 찾아올 리가 없어.'

그래도 만약의 경우라는 것이 있어서, 그는 감각을 예민하게 세우고 혹시 모를 상황에 대비했다.

"소, 소라 씨?"

문을 여니 전혀 의외의 인물이 서 있었다.

"안녕하세요, 지우 씨. 이사하셨다고 해서 집들이 선물 들고 왔어요."

한소라가 생긋 하고 웃었다. 하지만 자세히 보니 웃는 것이 웃는 게 아니었다.

눈썹은 살짝 구부러져 있고, 이마에 퍼런 핏줄이 툭 튀어나온 걸 보면 무언가 마음에 안 들어 하는 것 같은 눈치다.

안 그래도 까탈스러워 보이는 인상의 한소라다. 그녀가 인상을 쓰니 왠지 모르게 이상한 압박감이 느껴졌다.

"여, 여긴 어떻게 아셨습니까?"

"아, 지우 씨는 모르셨구나. 한남동에는 저희 일가와 리즈 스멜트의 임원들이 상당히 많이 살아요. 그래서 우연찮게 누가 이사한다는 걸 들었는데, 조사해 보니 지우 씨더라고요."

'아차, 그렇구나. 여기 재벌 동네지.'

한남동은 국내의 내로라하는 재벌 그룹의 총수나 회장 일가 등이 집을 가지고 있는 동네로도 유명했다.

나중에 알고 보니 이곳에는 한도공과 한도정이 사는 집도 위치해 있다고 한다.

"하하, 그랬군요. 집들이 선물은 여기에 두시고 가시면 됩니다. 아직 집 안 꼴이 말이 아니라서요."

지우는 어색하게 웃으면서 한소라를 보내려고 했다. 집 안에 열애설이 난 장본인이 있기에 만나게 되면 상당히 귀찮게 된다.

"죄송하게도 집들이 선물로 그림 몇 점을 준비한지라 그럴 수가 없네요. 운반 도중에 흠집이 생기면 가치가 떨어져서, 집 안까지 가져가 걸어드릴게요."

한소라가 눈을 게슴츠레 뜨면서 집 안을 슬쩍 살펴봤다.

참고로 그녀의 뒤에는 그녀의 경호원으로 추정되는 사람들이 큼지막한 대형 액자의 그림을 들고 낑낑거리면서 자리를 지키고 있었다. 아무래도 진심인 모양이다.

"그런데 지우 씨, 아까부터 제가 문자도 하고 전화도 했는데 안 받으시더라고요. 뭐하고 계셨어요?"

한소라는 북풍한설이 부는 듯한 차가운 목소리로 물었다.

"그게……."

'어떻게 하지? 어떻게 하지?'

상황이 정말 복잡하고 이상하게 돌아갔다.

만약 한소라가 찾아오지 않았더라면, 평범하게 기자 회견을 하고 해명했으면 된다.

그런데 지금 알렉산드라가 집 안에 있는 것이 문제였다.

사업 관계라고 말해도, 가족들에게도 아직 가르쳐 주지 않은 새로운 보금자리에 여자가 있다면 오해를 받고도 남는다. 상상만 해도 귀찮아질 것 같은 상황이 벌어질 터.

"뭐하고."

한소라가 생긋 웃었다.

"계셨어요?"

안경에 가려진 눈만큼은 웃고 있지 않았다.

'안 돼. 집 안에 들여보내면 진짜 귀찮아져. 그렇다고 알렉산드라의 마인드 컨트롤로 돌려보내기도 좀 그렇고. 다른 변명 거리를 꺼내야 돼.'

확실히 마인드 컨트롤이라면 기억도 지우고, 얌전하게 집으로 돌아가게 만들 수 있다.

하지만 지우는 친분이 있는 주변 사람들에게 되도록 앱스토어와 연관시키고 싶지 않았다.

"들어가도 문제없는 거겠죠? 설마 집들이 선물도 가져온 사람을 냉정하게 쫓을 리가 없죠."

한소라가 서리 낀 목소리로 그를 힐난하면서 현관문을 지나 억지로 집에 들어가려했다.

"소라 씨!"

이에 지우가 질겁하면서 자신도 모르게 한소라의 팔을 냉큼 낚아챘다.

"네, 네?"

여태껏 표정 변화 없이 차가운 모습이었던 한소라가 당황했다. 그동안 이런 스킨쉽(?)은 없었기 때문이다.

지우는 한소라의 가냘픈 두 어깨를 양손으로 잡고 진지한 표정을 지었다.

"소라 씨……."

"자, 잠깐만요. 거리가 너무 가깝잖아요. 그, 그리고 제가 이런다고 뭐 봐줄 것 같아웃?"

한소라는 얼굴을 붉히면서 말을 더듬었다. 방금 전까지만 해도 흔들림 없는 태도였는데, 지우가 어깨를 붙잡고 얼굴을 접근해오자 눈에 띄게 당황스러워하는 모습을 보였다.

"지금 들어가시면 제가 매우 곤란합니다."

"저, 정말로 여자라도 숨겨두신 건 아니겠죠? 지우 씨. 언론에 나온 그 러시아 여성과는 무슨 관계인지 설명해 줬으면 해요."

마치 암 덩어리 자체인 아침 드라마와 비슷한 광경!

참고로 그녀의 경호원들은 덕분에 죽을 지경이었다.

'재벌들의 로맨스에는 관심 없으니까 끝내라.'

'제길, 실수로 그림에 흠집이라도 나면 내 인생은 끝이란 말이다!'

'크으윽.'

한소라가 집에서 가져온 그림들은 하나같이 경매에 내놓으면 수천만 원 가치는 가볍게 나가는 명화들이었다.

경호원들 입장에선 인생의 갈림길에 있는 것과 같아서 한가롭게 재벌의 로맨스(?)를 볼 여유는 없었다.

다행히도 지우는 경호원들의 소원을 성취시켜줬다.

다만 이상한 방향으로.

"제가…… 거실에서 사실 야동을 보고 있었습니다."

지우가 피를 끓는 목소리로 터무니없는 발언을 시도했다.

"네?"

한소라가 순간 자신의 두 귀를 의심했다.

"그러니까, 제가 이사 기념으로 산 대형 텔레비전으로 야동을 보고 있었습니다. 그래서 솔직히 말하면 소라 씨가 집 안에 들어오시면 매우 곤란합니다."

한소라가 입을 헤 벌리고 멍한 표정을 지었다. 뒤쪽에 그림을 들고 서 있던 경호원들도 입을 떡 벌렸다.

"………………네에?"

"야동이요! 야동! 구체적으로 말하자면 일본에서 직수입한 블루레이를 넣어서 선명한 고화질로 무려 40인치 LED 모니터로 야동을 보고 있었단 말입니다!"

살을 주고 뼈를 취한다는 말이 있다.

"만약에 여기서 그대로 소라 씨를 보낸다면 제 개인적인 취향과 적나라하고 모자이크가 주요 부위를 가린 지극히

불순한 동영상을 볼 것이고, 아마 크나큰 정신적인 충격으로 인해 쓰러지시고 후에 절 성희롱으로 고소할지도 모르는 일입니다. 그러니까, 소라 씨를 절대로 들여보낼 수 없습니다!"

"……아, 그러니까, 그…….''

한소라는 입을 꾹 다물고 몸을 파르르 떨었다.

지우가 소리를 버럭버럭 지르면서 최대한 애절하고, 처절하게 말을 기관총처럼 쏟아 내서 놀란 것인지 아니면 성희롱이나 다름없는 말에 충격을 받았는지는 알 수 없었다.

다만 새하얀 피부가 감기에 걸린 것처럼 열이 올라서 벌겋게 변색된 걸 보니 상당히 부끄러운 모양이다.

한소라는 그 자리에서 머리를 위아래로 미미하게 흔든 뒤에 몸을 돌리곤 현관문으로 이어진 계단을 통해 천천히 내려갔다.

참고로 지우를 쳐다보고 있는 경호원들의 표정은 가관이었다. '저런 미친 새끼가 있나?' 라고 말하는 것 같았다.

"실례, 많았……어요오…….''

한소라는 비틀거리는 발걸음으로 그대로 정문 바깥으로 사라져갔다. 이에 경호원들도 어찌할 줄 몰라 하다가, 그녀의 뒤를 따라서 집 밖으로 향했다.

지우는 그녀가 집 앞에 주차된 차를 타고 사라진 것까지 확인한 뒤에 문을 닫고 다시 거실로 돌아와서 무릎을 꿇고 바닥을 짚었다.

"씨발……."

"빌려줄까?"

알렉산드라가 다가와 권총을 건넸다.

전문용어로 '자살각'이라고 한다.

"포츈텔러를 없애버리겠어!"

제8장

보다 압도적인 돈으로

생각보다 다양한 사람들에게 연락이 오자, 지우는 주변 사람들에게 기자회견을 예정이니 그걸 참조하라고 말했다. 그리고 일이나 열애설 때문에 정신이 없다는 이유로 나중에 자세하게 설명해 주겠다고 전해 줬다.

"아니, 그보다 내가 왜 기자회견을 열어야하는 거야?"

정작 장본인인 지우의 입장에선 지금의 상황이 황당하기 그지없었다.

딱히 자신이 연예인도 아닐뿐더러, 애초에 공인도 아닌데 기자회견을 열어서 굳이 열애설이 오해라고 설명하는 것 자체가 웃기고 어이가 없었다.

그렇지만 그대로 뒀다간 언론사나 주변 사람들이 멋대로 추측해서 일이 커질 것이 분명하니, 짜증 나도 어쩔 수가 없었다.

유명인이란 건 정말 피곤한 일이다.

연예인들이 왜 평소에 선글라스와 모자로 변장하고, 주변 눈치를 보면서 몰래몰래 이동하는지 이해할 수 있었다.

"하아, 정말 골치 아픈 일이야."

"그래도 어쩔 수 없는 일이지요. 이사님께서 워낙 유명하지 않습니까?"

창가 너머에 구름 떼처럼 몰려든 취재진들을 힐끗 살피면서 박영만이 너털웃음을 흘렸다.

그의 인기를 실감할 수 있는 숫자의 취재진이었다.

그만큼 이번 열애설은 의외로 국내에서 많은 사람들이 관심을 가졌다. 최근 하얼빈 사태에 제일 먼저 기부금을 낸 것도 그렇지만, 어린 나이로 대기업의 대표 이사직을 지닌 지우에 대해 관심을 갖는 사람이 제법 많았다.

자고로 사람들은 젊고, 능력 있는 사람을 좋아하는 법. 관심이 절로 가는 것도 전혀 이상한 것이 아니다.

거기에 언론사나 네티즌들은 지우도 지우지만 사진에 언

뜻 찍힌 외국의 미녀, 알렉산드라의 또 다른 신분인 '엘레나'에 대해서도 관심이 많았다.

"게다가 다들 쉬쉬하면서 이사님을 피했을 뿐이지, 예전부터 관심이 많았을 겁니다. 소정 씨와 유일하게 스캔들이 나지 않았습니까?"

윤소정은 수많은 인터뷰와 프로그램에 나갔지만 이상형에 대해서 단 한 번도 언급하지 않았다.

아니, 애초에 그녀가 겨우 손에 넣은 자리를 지키기 위해서 철벽이란 소문이 돌 정도로 남자 연예인들과의 연을 피하다 보니 이런 이미지가 형성됐다.

순결한 처녀라는 이미지로도 유명한 그녀가 정말 딱 한 번, 지우와 스캔들이 났으니 팬들조차도 상당히 궁금해하거나 열애 사실의 의심하는 등의 모습을 보였다.

"아마 오늘도 윤소정 씨에 대해서 물어볼 겁니다."

방금 전의 말을 한 건 박영만이 아니었다. 정갈하게 머리를 정돈하고 잘빠진 슈트가 어울리는 중년의 남성이었다.

"후우. 권수호 변호사님이 있으니 그래도 천만다행이군요. 기자회견에는 아직 익숙하지가 않아서요."

권수호는 세이렌과 동시에 대표 이사인 지우를 전담으로 고용된 변호사였다.

참고로 권수호가 소속된 로펌은 국내에서도 상당한 명성을 떨치는 종합법률회사로 유명인이나 기업 등에서 고용하는 로펌 일 순위이기도 했다.

승소율 또한 어마어마하게 높아서, 이들을 고용하면 법정에서 웬만하면 거의 문제없이 이길 수 있었다.

다만 그 실력과 명성만큼 의뢰비가 터무니없이 비싸다는 점이 있지만, 지우의 재산으로 충분히 처리할 수 있어서 박영만의 추천을 받고 곧바로 고용했다.

"그나저나 권수호 변호사님. 포춘텔러에 소송은 가능합니까? 그, 허위사실유포죄 같은 걸로요."

"사람들이 많이 오해하는 점입니다만, 사실 대한민국에서 '허위사실유포죄'라는 죄는 법에 존재하지 않습니다. 전기통신기본법 47조 1항에 반하는 죄를 편의상 허위사실유포죄로 칭하는 것이지요."

"그, 그렇습니까?"

"예. 심지어 그 법은 2010년 12월 18일에 헌법재판소에서 위헌 판결을 내려서, 법적 효력도 사라졌습니다. 허위사실공표죄라고 비슷한 법이 있긴 한데, 정치인이 아니시라면 적용되지가 않습니다."

"끙. 그것참 귀찮군요. 그럼 초상권침해는 어떻습니까?"

"그것 역시 애매모호합니다. 초상권침해라는 것이 본인의 허가 없이 촬영, 공표, 전시하는 등 권익의 침해가 발생하면 손해배상을 요구할 수는 있습니다. 그러나 그 목적이 공공의 이익을 위한 것이라면 예외에 속하죠."

"그게 무슨 뜻이죠?"

"대표님이 일반인이 아니라, 유명인이라서 문제가 됩니다. 공중의 정당한 관심의 대상이 되고, '언론'의 '알 권리'를 포함하면 상당히 애매해집니다. 원래 포춘텔러가 그쪽 방면으론 싸워 본 적이 많아서…… 좀 성가십니다."

포춘텔러는 법의 망을 이리저리 피해 가는데 이골이 난 상대다.

아직까지 길게 목숨을 연명하고 있는 이유 중 하나였다.

덕분에 설사 승소한다고 해도 그쪽에 입는 피해는 미미하여, 배상금 역시 많이 받을 수 없었다.

"그래도 그 외의 방법으로 저와 로펌 측에서도 자료를 수집하고 여러 가지 준비를 하고 있으니 너무 걱정하지 않으셔도 됩니다."

지우가 눈살을 잔뜩 찌푸리고 있자 권수호는 의뢰인의 마음을 안심시키기 위해서 웃는 얼굴로 걱정 말라는 듯이 말했다.

"굉장히 익숙해 보이시는군요."

"포춘텔러는 저희 로펌에서도 주적 중 하나입니다. 의뢰인들도 그렇고, 저희도 싫어하는 악질들이지요."

과연, 권수호!

그의 이름을 듣고 보면 정말 이름에 걸맞은 사람이었다. 그야말로 법을 수호하고, 사람을 수호하는 사람이 아닌가.

"그보다 슬슬 기자회견을 하러 갈 시간이군요. 제가 아까 말씀드린 주의사항을 다시 머릿속으로 되새기고 나가시면 됩니다."

"감사합니다."

세이렌 본사 건물에 따로 준비된 기사회견장에 도착하자, 눈이 절로 찌푸려질 정도로의 환한 플래시가 터졌다.

'더럽게도 많네.'

회견장에 구름 떼처럼 모인 취재진을 보면서 지우는 속으로 혀를 내둘렀다. 지금 당장 여기서 텔레포트로 도망친 뒤에 따뜻한 물에 몸을 담그고 나와 침대에 누워 편히 수면을 취하고 싶었다.

"기자회견을 시작하겠습니다."

직사각형의 긴 탁자 앞에는 정중앙에 지우가 앉았고, 각각 좌측과 우측에는 권수호와 박영만이 앉았다.

"질문에 앞서 먼저 손을 드시고 자사(自社)의 이름과 기자 분의 성함을 말씀해 주십시오."

권수호의 말이 끝나기 무섭게 기자들이 손을 번쩍 들었다. 박영만은 기자들을 훑어보곤 지우의 귀에 속삭였다.

평소 세이렌과 친분을 쌓았고, 자신들에게 유리한 기사를 쓸 만한 기자들의 이름을 불러줬다.

"네, 그쪽 기자 분부터 질문을 부탁드립니다."

"수목 일보의 송상철 기자입니다. 이번 열애설에 대해서 말씀 좀 부탁드리겠습니다."

"예, 인천공항에서 함께 찍힌 여인은……."

이름은 밝히지 않았지만, 알렉산드라의 또 다른 신분인 카운트리스의 엘레나를 이용하여 지우는 해명에 나섰다.

각각 언론사의 추측대로 러시아 국적의 여성이 맞으나, 연인 관계가 아니라 단순한 사업 관계라고 설명했다.

물론 설득력을 높이기 위해서 다른 말들도 덧붙였다.

"카운트리스는 러시아의 대형 쇼핑센터 중 하나이며 또 지점도 상당히 많습니다. 그쪽으로 로드 카페의 캔커피 등을 수출시키기 위해서 만났을 뿐, 그 이상 그 이하도 아닙니다."

구체적인 회사명까지 밝힌 덕분에 기자들은 '뭐야.'라며 다소 실망스러운 모습을 보였다.

답변이 끝나자마자 다시 많은 손들이 번쩍 하고 튀어 올라왔다. 지우는 그중 여성 기자 중 한 명을 선택했다.

"감사합니다. 금월 일보의 조윤정 기자입니다. 일각에선 이번 열애설이 '가희'로 유명하신 윤소정 씨와의 스캔들을 의식해서 낸 것이라는 말도 있는데요. 어떻게 생각하십니까?"

피할 수 없는 질문 중 하나다. 연예계건 네티즌이건 간에 수많은 사람들이 궁금해하는 소문이었다.

알다시피 윤소정은 데뷔 초에 유일무이하게 스캔들이 한 번 났고, 그 상대는 지우였다.

그때는 절대 아니라고 해명을 하긴 했지만, 문제는 그녀의 '유일무이'한 스캔들이었는지라 아직까지도 의혹이 따라붙고 있었다.

그래서 세이렌의 대표 이사가 직접 이 거추장스러운 스캔들을 정리하기 위해서 열애설을 터뜨린 건 아닐까 하는 이야기가 오가고 있었다.

"하하, 기자님께선 짓궂으시군요. 애초에 열애설이라고 판단한 건 연예 전문 언론사 측이었습니다. 전 평범하게 사업 관계인 분을 마중하러 갔을 뿐이었고요."

유도 질문을 어느 정도 예상한 지우는 미꾸라지처럼 능숙하게 빠져나갔다.

"그렇다면 혼자 만나러 가신 이유가 뭡니까?"

기자들 중 누군가가 물었다. 하지만 규칙을 지키지 않았기 때문에 답변하지 않았다.

그 대신 바로 옆에 있던 다른 기자 중 한 명이 손을 번쩍 들어서 질문의 기회를 낚아챘다.

"스틸 일보의 전하라 기자입니다. 혼자 공항까지 마중을 하러 가신 이유가 뭔가요?"

"저는 부모의 손길이 필요한 어린아이가 아닙니다. 수행원을 꼭 대동할 필요는 없죠. 그냥 혼자 갔을 뿐입니다."

"소문에 의하면 지하철 등의 대중교통을 이용하셨다고 하는데요. 그건 무슨 이유 때문이십니까?"

전하라 기자의 말대로 지우는 공항까지 지하철을 타고 이동해서, 알렉산드라가 눈에 너무 띄어서 택시를 이용했다.

돈이 좀 아깝긴 하지만 어쩔 수 없었다.

"제 운전기사 분이 마침 휴가이시기도 해서 그냥 대중교통 이용했습니다. 그보다 대중교통을 이용한 게 대단한 겁니까? 대한민국 국민이라면 누구나 이용합니다. 로드 카페만 운영하던 시절에도 전 대중교통을 이용했고요."

참고로 이 발언 덕분에 로드 기업의 주가가 상승했다.

대기업의 대표 이사가 운전기사가 휴가를 나갔다는 말에, 불러내지 않고 대중교통을 이용했다는 영화나 드라마에서나 나올 법한 일에 호감을 부를 법했다.

또한 그동안 잘 알려지지 않았지만, 지우가 남들처럼 평범한 서민이었던 점도 한몫했다.

"화일 일보의 반양자 기자입니다. 열애설을 보도한 언론사 측과는 어떻게 하실 예정인지요?"

"글쎄요, 아직 정해진 바가 없어서요. 자세한 사항은 나중에 말씀드리도록 하겠습니다. 그리고 죄송합니다만, 제가 일이나 소송 준비로 바빠서 이만 기자회견을 끝내도록 하겠습니다."

지우가 자리에 일어서자 기자들이 손을 들고 수많은 자사의 이름과 기자의 이름이 튀어나왔다. 금세 기자회견은 엉망이 되면서 시끌벅적해졌다.

그들은 조금이라도 질문의 답변을 받기 위해서 아우성쳤지만, 할 말을 끝낸 지우는 더 이상 여기에 남아 있고 싶지 않아서 권수호와 박영만의 안내에 따라 바깥으로 향했다.

＊　　　＊　　　＊

　"하하! 고놈 참 시원하구만!"

　한남동에서 실시간으로 방송을 확인한 한도공이 유쾌한 듯 웃음을 터뜨렸다. 무척 마음에 들어 하는 얼굴이었다.

　사실, 얼마 전까지만 해도 한도공은 짜증이 나있었다. 손녀사위로 점찍어뒀던 놈이 손녀가 아니라 뜬금없는 러시아의 여성과 열애설이 터졌으니 마음이 불편했다.

　그 불편함이 어찌나 강했는지, 한도공은 개인적으로 러시아 여성에 대해서 조사했을 정도였다.

　당연한 이야기지만, 설사 리즈 스멜트의 회장이라고 해도 앱스토어의 힘을 포함하여 레드 마피아의 은폐력까지 합한 알렉산드라의 정보를 제대로 알아낼 수 없었다.

　알 수 있었던 건 카운트리스의 엘레나에 대해서였다.

　그래서 사업 관계인지, 아니면 정말로 개인적으로 만나는 연인 사이인지 확신이 가지 않았는데 다행히 지우가 직접 나서서 해명에 나서서 의혹이 풀리고 마음도 편안함을 되찾았다.

　"하긴, 우리 소라를 두고 다른 여자가 눈에 찰 리가 없지. 아무리 러시아 미녀라고 해도 말이야. 하하하!"

학력이면 학력, 성격이면 성격, 미모면 미모, 배경이면 배경. 뭐 하나 빠질 것이 없다. 이런 여자를 두고 다른 여자를 택하다니, 생각해 보면 말도 안 된다.

한편, 그 한소라는 홀로 기자회견 방송을 확인한 뒤에 심각한 고민에 빠져 있었다.

'어쩌지, 정말로 내가 오해를 해버렸네. 게다가 지우 씨의 해피 타임을 방해해버렸어. 다음에 어떻게 본담?'

그가 야동을 봤다고 딱히 경멸스럽거나 하지는 않았다. 그녀도 성교육을 받았고, 야동이 뭔지도 대충 안다.

그리고 혈기왕성한 나이의 남자가 야동을 보고 해피 타임(!)을 갖는 것 역시 전혀 이상한 일이 아니었다.

'곤란하네.'

한소라의 고민은 깊어져만 갔다.

* * *

정지우의 기자회견에는 정말 많은 사람들이 반응했고, 또 관심을 보였다.

그의 눈에 띄어서 질문을 한 기자들은 대부분 회사로 돌아가 보너스를 받을 정도였다. 반대로 규칙에 따르지 않고 무작정 질문을 했던 기자들은 상사에게 실컷 욕을 먹었다.

[속보] 정지우 대표 이사 열애설 '사실무근'

└속보는 개뿔, 다 아는 걸 뭐 대단하다고 적고 있냐?

└러시아 여자 예쁘면 '좋아요' 클릭클릭!

└ㅋㅋ 좋아요충은 어딜 가나 있네. 극혐.

└내가 보기엔 사귀고 있는 거 맞는데 걍 숨기는 것 같다. 딱 봐도 견적이 나옴.

└위에 놈도 이제 곧 고소장이 날라 올 포츈텔러처럼 되겠네.

└그런데 진짜 부럽긴 부럽다 ㅠㅠ 아직 26살밖에 안됐는데 한남동에 집 가지고 있을 만큼 부자에다가, 대기업 이사잖아. 하여간 금수저들은 타고나는 것 같다.

└뭐만 하면 금수저 타령이냐? 어휴 ㅉㅉ.

└정지우 일반 서민 가정에서 태어난 걸로 유명한 거 모르나보네. 로드 카페나 버거는 정지우가 직접 창업한 거고, 세이렌은 당시 파산할 뻔하다가 정지우가 인수하고 윤소희 키워낸 걸로 유명하다. 솔까 능

력은 진짜 인정해 줘야 함.

└이분 최소 로드 직원

└능력도 능력인데 인성도 그럭저럭 나쁘지 않다.
양로원 사태도 그렇고, 직접 휘말리지도 않았는데 하
얼빈에 5억 투자한 거 보면 확실히 존경받을 만하다.

└그래도 키는 그렇게 크지 않잖아, 얼굴도 미묘하
고.

└키야 저 정도면 대한민국 평균이니까 그렇다 쳐
도…… 확실히 얼굴은 미묘하지 ㅋㅋㅋㅋㅋㅋ 저
정도 스펙에 얼굴이랑 키까지 완벽했으면 내가 억울
해서 못 산다.

└두유노우 소희 윤?

원래 지우에게 향하는 관심은 별로 없었다. 지우 본인이
언론에 모습을 잘 비추지 않은 것도 있었지만, 그가 다른
고객들에게 신분을 숨기기 위해서 정보를 통제한 것도 한
몫했다.

방송화류협회의 회원이었던 자들은 대부분 방송계에서
고위층이었던 덕분이다.

그들이 정지우라는 인간을 두려워하고 회피하기 위해 알

아서 그에 대한 취재 등을 금지시켜서 그렇다.

하지만 포츈텔러가 특종을 터뜨리고, 방송화류협회에 속하지 않은 각종 언론사 신문사 방송사 등이 보도를 시작하자 그들 역시 의심을 받지 않기 위해 별수 없이 방송에 내보낼 수밖에 없었다.

삼대 방송사 등 이름만 들어도 알 만한 언론들이 여론이 이렇게나 시끄러운데 보도를 하지 않는다면 분명히 관계되어 있을 것이 뻔하다고 의심을 받을 테니 말이다.

세이렌이나 로드 기업에 대해선 이미 국내에 워낙 잘 알려졌지만, 그 대표 이사에 대해선 베일에 감춰져 있었기 때문에 사람들이 알고 싶어 하는 마음은 더더욱 강했다.

결국 이번 사건으로 인해 지우는 언론과 사람들에게 대대적으로 눈도장을 찍게 됐다.

한편, 기자회견이 끝난 지우는 그제야 숨을 돌렸다.

그리고 그는 제일 먼저 김수진이나 가족들 등에게 연락해서 해명에 나섰다. 참고로 윤소정은 세이렌에 왔을 때 직접 얼굴을 보고 해명해서 다시 할 필요는 없었다.

"쩝. 그래? 아쉽구나."

어머니도 방송을 보셨다고 해서 딱히 이렇다 할 해명이 필요 없었다. 다만 그녀는 굉장히 아쉬워했다.

그렇지 않아도 여자 소식이 없는 아들이 이제 연애를 시작하나 했는데, 그게 오해여서 제법 실망한 듯했다.

"이젠 소라 씨가 문젠데…… 그 전에 일단 포츈텔러부터 멸망시켜볼까."

지우의 얼굴이 단번에 악귀처럼 일그러졌다.

일명 야동 사태를 일으키게 한 주범, 포츈텔러에 대한 증오심와 분노가 마그마처럼 부글부글 끓어오른다.

저번에 알렉산드라가 건넨 권총으로 머리를 날라 버릴 정도로 수치스러운 일을 당한 걸 생각해 보면 도통 화가 잠잠해질 생각을 하지 않았다.

"역시 소송을 거는 것만으론 부족해."

포츈텔러는 이미 수많은 연예인에게 사생활침해나, 명예훼손 등으로 상당히 많은 고소장을 받았다.

그런데도 멈추지 않는 것은 그것을 무시할 정도로 특종을 잡아 엄청난 이익을 창출하기 때문이다.

또 법망을 요리조리 피하는 솜씨도 있고 말이다.

"본사 건물에 바사비 샤크티라도 한 방 갈길까?"

잊을 만하면 나오는 무력시위의 논리!

테러리스트도 울고 갈 정도로 무식한 사고방식이다.

"하아. 포츈텔러가 저지른 비리라도 찾아내서 묻으려고

해도, 정작 소속된 기자들이 한 발 앞서서 특종을 때리는 해괴망측한 곳이니 뭐 어떻게 할 수도 없네."

포춘텔러는 정말로 요상한 곳이었다.

아무리 특종을 위해서라고 해도, 소속된 회사의 임원이나 경영자, 대표 이사 등 무엇인가 문제가 보이면 그것조차도 그대로 기사로 때려서 공표해서 퇴출시킨다.

자세히 알아보니 포춘텔러의 수뇌부들은 대다수가 사이가 안 좋아서, 서로의 권력 투쟁을 하면서 지낸다고 한다.

물론 그걸 생각해도 회사의 생명이 걸려 있는 비밀을 소속 기자가 터는 것은 말도 안 되는 행위지만, 포춘텔러에선 그런 일이 번번이 일어나고 있었다.

이미 한 번 그런 일이 있었는데도 멀쩡히 살아 있는 걸 보면 아무래도 그 방법은 소용이 없는 듯했다.

"이대로 권수호 변호사님을 기다려야하나."

지우는 발을 동동 구르면서 고민에 잠겼다.

권수호가 로펌의 힘까지 빌려 포춘텔러를 엿 먹일 방법을 생각하고 있다곤 하지만, 시간이 제법 걸릴 듯했다.

포춘텔러는 법을 정말 잘 피하고 다니는 것으로 유명했다. 듣자 하니 법률자문사 몇 명을 직원으로 두고 회사를 운영한다고 한다.

아무리 유명 로펌이고, 유능한 변호사인 권수호가 있다고 해도 포춘텔러 역시 만만한 상대가 아니었다.

'방송국, 연예인, 언론사를 동원할까?'

머릿속에 스쳐 지나가는 방법이 하나 있었다. 바로 방송 화류협회의 약점을 꺼내서 그들을 이용해 포춘텔러를 압박하거나 통제하는 등을 시도하는 방법이었다.

'아니, 포춘텔러는 이미 다른 곳에서 미움을 받고 있어. 그리고 같은 편 없이 독단적으로 움직이고 있는데, 과연 먹힐까?'

나쁘진 않지만 가능성이 높아보이지는 않았다.

지우는 머릿속에 생각난 것을 곧바로 폐기하고 다른 방법을 찾아왔다.

'앱스토어의 힘을 이용할까 싶어도, 이미 국내에서 소란을 일으켜서 눈에 많이 띄었어. 만약의 경우를 생각해서 웬만하면 자제해야 해. 평범한 기업 대결로 보여야한다.'

그렇다면 어떤 방법을 써야 할까?

'앱스토어를 제외하고 내가 가진 것은 언론을 나에게 유리한 방향으로 만들 수 있는 것, 그리고 자금…… 응? 자금?'

머릿속으로 기똥찬 생각이 하나 지나갔다. 그리고 그 작전은 동시에 무식한 돈지랄의 끝판 왕이기도 했다.

지우는 자문을 구하기 위해서 얼른 권수호에게 연락해서 자신의 생각을 전했다.

— 허어, 설마 그런 방법을 택하실 줄은 몰랐습니다.

아주 예상외의 방법은 아니었다. 한 번쯤은 생각할 만한 방법이었다. 권수호는 '진짜 그걸 쓰겠다고?' 라는 느낌으로 묻는 듯했다.

— 나쁜 방법은 아닙니다만, 정말 많은 돈이 들 겁니다.

"괜찮습니다. 제가 돈이라면 넘치는 사람이라서요. 흐흐!"

지우의 음침한 웃음이 울려 퍼졌다.

＊　　　＊　　　＊

포춘텔러의 현재 CEO를 맡고 있는 종저격은 원래 종합 일간신문사에서 연예 부분을 맡고 있다가, 권력 싸움에서 패배하여 실권을 잃고 포춘텔러에 재취직했다.

그 뒤, 신문사에서 일했던 경험을 살리고 권력다툼을 다시 시작하고 전(前) CEO의 비리 자료를 수집한 뒤 고발하고 새로 취임하게 됐다. 그게 2년 전이었다.

"야 이 새끼야! 그게 무슨 개소리야!"

논현동에 위치한 포춘텔러의 본사 건물.

최상층에서 종저격의 사자후가 폭발하듯이 터졌다. 그의 눈앞에는 부사장이 종저격의 불호령에 흠칫 놀라 거북이처럼 목을 움츠렸다.

"그, 그게…… 광고주들이 모든 광고를 내려달라고 하고 있습니다."

포춘텔러는 인터넷 신문을 내는 연예 전문 언론사다.

그들의 수익은 대부분 트래픽 수치이거나, 홈페이지 등에 걸리는 수많은 광고들이었다.

헌데 그중 광고가 홈페이지에서 모조리 무시무시한 속도로 빠져나갔다.

헌데 한 명도 아니고, 모두가 그러니 미칠 노릇이었다.

"아니, 대체 왜? 애초에 그놈들 우리 이미지 신경 안 쓰잖아?"

포춘텔러는 몇 번이나 말했다시피 이미지가 좋지 않다. 하지만 그만큼 상당한 양의 특종을 내는 덕분에, 조회수가 굉장히 많이 나온다.

보통이라면 이미지가 좋지 않으니, 광고를 내지 않는 것이 정상이지만 기존의 광고주들은 이미 그걸 알고도 광고를 올려달라고 요청을 한다.

제품 등의 이미지 저하가 있을지도 모르겠지만, 포춘텔

러가 그만큼 조회수가 상당하기 때문이었다.

특히 회사의 규모가 적고, 광고비가 별로 없는 이들은 이미지 저하가 단점이긴 해도, 조회수가 많이 나오니 이를 감안하기로 한 것이다.

"그, 그게 저도 잘 모르겠……."

"지금 모르면 다야? 당장 알아내!"

쾅!

종저격이 주먹을 거칠게 내려치자 책상이 크게 흔들렸고, 부사장이 깜짝 놀랐다.

'제기랄, 빌어먹을 사장. 내 언젠가 널 조사해서 보도해 주지!'

그놈이 그놈이라고, 부사장 역시 웃기게도 현 사장의 자리를 노리고 있었다. 하여간 골 때리는 회사다.

"대체 뭐지?"

종저격은 머리를 굴려 봤지만 현 상황을 이해하지 못했다.

말했다시피 기존의 광고주들은 이미지 타격에 그렇게까지 큰 관심을 가지지 않는다. 그걸로 내릴 사람들이 아니다.

그렇다고 포춘텔러에 직접적인 원한을 가진 것도 아니다.

포춘텔러는 적들이 많지만, 광고주들에겐 친절했다. 주

수입원 중 하나였기 때문이다.

아니, 정확히 말하자면 광고주들은 솔직히 특종으로 보도할 만한 이들이 없었다. 즉, 언론사로서 애초에 관심을 가질 필요가 없다는 의미다.

"사, 사장님. 광고주들이 앞으로 재계약 할 생각이 없으니 연락하지 말랍니다."

"뭐, 뭐?"

더더욱 큰 문제는 그들이 미쳤는지 연락을 일방적으로 거부하고 있다는 점이었다. 환장할 노릇이다.

"……."

이내 종저격의 안색이 새파랗게 질렸다.

"고, 공격받고 있어……."

"예?"

"이 멍청한 새끼야! 부사장 자리 해먹고 그렇게 머리를 못 굴려? 누군가가 광고주들을 다 빼내고 있단 말이다!"

종저격은 사장을 공으로 얻어 낸 것이 아니다.

신문사에서 일했던 경험, 사내 정치, 권력다툼 등 온갖 수단과 방법을 동원해서 얻어냈다. 그런 사람이 머리가 나쁠 리가 없었다. 반대로 비상한 편에 속한다.

특히 이런 싸움으론 도가 탄 종저격은 금방 눈치챘다.

"평소에 불만도 없는 광고주 모두가 동시에 계약을 해지하겠다는 건 우리 탓이 아니야. 누군가가 그들에게 접근해서 우리보다 좋은 조건을 제시하면서 빼내고 있다."

"누, 누가요?"

"몰라. 하지만 광고주 모두를 움직인 걸 보면 평범한 기업은 아니겠지. 드는 돈이 장난이 아닐 테니까."

종저격은 이마에 손을 짚고 끙끙 앓는 소리를 냈다.

"우리 언론사 홈페이지에 걸린 광고만 해도 백 개 정도는 될 텐데……그들을 모조리 빼내려면 대체 얼마나 쓴 거지? 아니, 애초에 어떤 미친놈이 이런 짓을 했어? 아무리 우리가 미워도 이런 무식한 방법을 쓰는 게 말이 되냐고!"

제9장

무너진 언론 속에서
흑막은 웃는다

"우헤헤헤!"

종로구에 위치한 한 모 호텔의 객실. 지우가 거실에서 고급 소파에 등을 눕히고 마구 웃어대면서 코를 치켜세웠다.

자신이 세운 작전이 포춘텔러에게 시원한 한방을 먹이는데 성공했다.

"씹어 죽여도 시원치 않을 포춘텔러 놈들아! 설마 내가 이렇게까지 무식한 돈지랄을 할 줄은 몰랐을 거다."

그가 생각해 낸 작전은 누구나 생각할 법하지만, 동시에 실행할 엄두도 나지 않는 작전이었다.

"호오."

호텔의 객실은 본인을 위해서 빌린 것이 아니었다. 한국에 있는 동안 잠자리가 필요한 알렉산드라를 위해서였다.

알렉산드라는 노트북을 앞에 두고 히죽 웃는 지우를 보고 호기심이 동했는지 살짝 궁금하다는 얼굴로 물었다.

"어떻게 했는데?"

"포춘텔러에 광고를 낸 회사들을 모조리 찾아가서 그들이 냈던 광고료를 내 돈으로 돌려주고, 대형 언론사나 방송사를 소개시켜줬어. 광고료도 20퍼센트 정도 깎아주고."

광고주들은 정말로 이미지를 신경 쓰지 않아서 포춘텔러에 광고를 낸 것이 아니다. 예산은 부족하고, 트래픽이 많이 나오니 어쩔 수 없이 포춘텔러를 택했을 뿐이다.

그래서 지우는 세이렌에 따로 창설된 영업직원들에게 일을 맡겼다.

포춘텔러의 광고주들은 당연하게도 지우의 제안을 승낙했다. 원래 지불했던 광고료도 돌려받고, 또 소개를 받아서 다른 대형 포털 사이트에 광고를 낼 수 있는데 미치지 않는 이상 거절할 리가 없었다.

참고로 소개시켜준 포털은 대부분 약점이 잡힌 방송화류협회원들이었는데, 그들은 싫지만 울며 겨자 먹기로 지우의 협박이 담긴 부탁을 들어줄 수밖에 없었다.

"기존의 광고주들과 협상해서 자금줄을 끊는 데 성공한 건 축하해. 하지만 설마 그걸로 끝은 아니겠지?"

"물론 이것만으로는 당연히 부족하지. 자금줄이 끊기긴 했지만 이건 어디까지나 일시적인 것에 불과해. 새로운 광고주들이 나타나면 원래의 제자리로 돌아갈 거야."

자금줄도 둘 중 하나를 차단했을 뿐이고, 또 그 기간은 오래 걸리지 않는다.

포춘텔러가 다시 수소문하면 다른 광고주들이 찾아올 것이고, 그때마다 재협상을 하면 천문학적인 돈이 든다.

"이제부터 지옥을 보여주마."

*   *   *

종저격은 포춘텔러의 주주 회의에 소환됐다.

"아니, 종 사장은 지금까지 대체 뭐한 거요?"

"쯧! 이래서 기자 출신을 경영자로 올리면 안 됐어."

자금줄 중 하나가 동결되자, 당연히 주주들은 불같이 화를 내면서 종저격을 문책했다.

종저격은 누군가에게 공격받았다고 열심히 항변했으나,

주주들에게는 그저 변명일 뿐이라면서 욕을 먹었다.

"거, 걱정하지 마십시오. 어차피 저희 언론사에 광고를 내고 싶어 하는 광고주들은 상당히 많습니다. 시간이 좀 지나면 다시 새로운 광고주들이 찾아올 겁니다."

"반드시 그래야할 거요."

주주들은 종저격에게 으름장을 내놓으면서 이번 실수를 만회하지 않는다면 회사에서 내쫓길 거라고 협박했다.

그렇지 않아도 과거에 신문사에서 쫓겨났던 불쾌한 기억을 떠올린 종저격은 필사적으로 움직여야만 했다.

'내가 어떻게 이 자리까지 올라왔는데 이대로 물러날 수는 없어! 내 반드시 범인을 찾아주마!'

종저격은 주요 연예인들을 스토킹하던 프로 파파라치들을 몰래 불러서 이번 사안을 일순위로 알아보라고 시켰다.

그 외에도 눈썰미가 좋은 기자들에게 이번 일을 부탁했다.

"사, 사장님. 저희 회사 앞으로 소송이 들어왔습니다."

"뭐? 그건 뭔 개풀 뜯어먹는 소리야?"

"예전부터 저희랑 사이가 좋지 않던 연예기획사를 시작으로 몇몇 기획사들이 명예훼손과 사생활침해로 고소했습니다!"

"제기랄!"

가뜩이나 광고주 일로 정신이 없는데, 설상가상으로 고소가 연달아 돌아왔다. 이상한 일은 아니었다.

포춘텔러가 뿌린 루머 때문에 이미지 타격을 입은 연예인이 한두 명이 아니다.

실제로 고소를 하나 처리하면 그다음으로 고소를 준비하고 있던 연예인이나 소속사가 추가적으로 고소를 해 왔다.

문제는 그 숫자가 이번에는 꽤나 많은 것이 문제였다.

"사장님! 언론에서 소식을 듣고 기사를 내기 시작했습니다. 실시간 검색어로 저희가 올라왔어요!"

평소라면 트래픽이 올라간다며 좋아할 일이었지만, 지금은 전혀 아니다. 혼란만 가중시킬 뿐이었다.

"으아아아! 씨바아아알!"

종저격은 이성을 유지하지 못하고 마구 발광했다.

사람은 과한 스트레스를 받으면, 종종 미치기 마련이다. 그리고 평소보다 민감해져 안하던 짓을 하곤 했다.

종저격도 그런 사람들과 비슷한 모양새를 보였다.

그는 원래 자기 관리에 철저한 사람이었다.

특히 포춘텔러의 경우는 자사의 상사라고 해도 특종이 된다면 뒤통수를 때리는 맛 간 언론사였다.

종저격 자신 역시 전 사장을 조사하고 면밀히 감시한 끝에 비리나 실수를 수집해서 자리에서 밀려나게 했다.

사장에 오른 뒤에는 평소 행실을 깨끗하게 보이기 위해서 온갖 노력을 다했지만, 이런 상황을 겪자 차츰차츰 그 모습을 유지하기가 어려워졌다.

부하 직원들에게 화를 내고 싶어도 반감을 부를까 봐 두렵고, 스트레스는 풀리지 않으니 대신 유흥가를 몰래 찾아가서 여자를 끼곤 술을 마시면서 놀았다.

'그래. 한 번만 노는 거야. 한 번만 놀고 스트레스를 풀자. 몰래 왔으니까 아무도 모를 거야.'

"……."

그러나 꼭 안하던 행동을 하면, 사고를 치기 마련이었다. 종저격이 그런 부류에 속했다.

그는 나름대로 철저히 보안을 유지했지만 불행하게도 포춘텔러에는 지독하게 이기주의적이고 스토킹에 전문적인 파파라치가 있었다.

꼬리가 붙은 줄은 꿈에도 몰랐던 종저격은 결국 조금씩, 조금씩 나락의 구렁텅이로 빨려 들어갔다.

이윽고 얼마 있지 않아서 종저격의 좋지 못한 행실은 이튿날 신문 메인에 떠올랐다.

— 속보, 포츈텔러의 경영자 종저격. 타 언론사 파
파라치에게 '저격' 당해.

— 종저격, 회사의 운명을 쥔 상태로 강남의 룸살
롱 다녀.

— 포츈텔러의 A기자, '이제 말할 수 있다.' 내부
고발.

평소 행실이 중요하다는 말이 있다.

포츈텔러는 그동안 적을 너무 많이 만들고 다녔다.

아무리 법망을 피하고 다니고, 악명을 감당할 정도로 큰
특종을 터트린다고 해도 연예계와 언론사를 적으로 두는
건 위험한 일이었다.

포츈텔러의 자금줄이 동결됐다는 소식이 들리자마자, 주
요 언론사는 옳다구나 하면서 포츈텔러를 공격했다.

그들 입장에서도 포츈텔러는 성가시고 짜증이 났기 때문
이었다.

주요 언론사들은 부패나 비리가 들킬 위험성이 있었고,
연예인들의 경우는 열애설 등이 터진다면 이미지에도 타격
을 입는다. 포츈텔러는 항상 경계의 대상이었다.

헌데 그 포츈텔러가 항상 철저하게만 보이던 모습은 온

데간데없고, 빈틈을 보이니 좋은 먹잇감이 됐다.

한편, 수많은 소송을 받게 된 포츈텔러는 법정에서도 연달아 패소(敗訴) 판결을 받게 된다.

자금줄이 끊겨 값비싼 돈이 드는 법률자문사도 둘 수 없었고, 변호사도 제대로 고용하지 못했기 때문이었다.

한 번도 아니고 수십 번의 소송에서 패한 결과 결국 트래픽으로 버는 수입원으로는 변호사 선임비와 손해배상금을 견뎌 내지 못하고 빚까지 떠안게 됐다.

종저격은 주주들과 만나 투자금을 요청했지만, 당연히 받을 수 없었다. 상황이 너무 좋지 않았기 때문이었다.

"아아악!"

연예 전문 언론, 포츈텔러.

그들은 연예계와 언론사에 의하여 무너져갔다.

＊　　　＊　　　＊

돈의 힘이라는 것은 상상 이상으로 대단하다.

실제로 지우는 앱스토어를 이용하지 않았는데도 돈으로만 언론사 하나를 무너지게 만들었다.

아무리 공영사가 아니라고 해도, 정부의 탄압이 없다면

언론사를 무너뜨리는 것은 힘들다.

그러나 지우는 그 상식을 무너뜨렸다. 상식선에서 이해할 수 없는 어마어마한 돈을 써서 말이다.

"고작 야동 하나 때문에 이런 일을 벌이다니, 너도 참 정상은 아닌 것 같단 말이지…… 우물우물."

알렉산드라가 초코파이를 한 움큼 베어 먹으며 소견을 밝혔다. 그녀는 지우가 포츈텔러에게 원한을 품게 된 이유부터 시작해서 멸망시키기까지 본 유일한 사람이었다.

"흑막이란 건 참으로 좋은 것 같지 않아? 얼굴을 밝히지 않고도 언론을 나에게 유리한 쪽으로 움직일 수 있다니."

포츈텔러의 자금줄을 끊기자 종저격은 그 사실을 주주들을 제외하고 필사적으로 숨겼다. 방금 일어난 일들처럼 평소 미움을 받던 이들에게 공격을 받을 것 같아서다.

그러나 그건 종저격의 헛된 노력에 불과했다. 모든 걸 알고 있는 지우가 방송화류협회의 구 회원들과 더불어서 정보를 뿌린 덕분에 포츈텔러의 멸망에 직접적인 공을 세웠다.

"그리고 고작 야동 때문이라니, 남들이 들으면 오해할 소리를 하겠네. 포츈텔러는 원래부터 스토킹 전문인 범죄자 소굴이라고. 난 정의를 구현한 것뿐이야."

"후후, 꽤나 괜찮은 농담이었어."

퍽이나.

"아오, 다시 생각해도 열불이 터진다. 터져."

아직 화가 덜 풀린 듯 지우는 가슴을 두들기면서 마구 짜증을 부렸다.

얼굴을 쓰레기처럼 일그러져 있고, 이마에는 퍼런 핏줄이 튀어나왔다.

시원하게 복수를 했는데도 영 기분이 좋지 않다.

"왜, 그 여자와 문제가 아직 해결되지 않았나?"

알렉산드라가 초코파이 하나를 다 처리하고, 탁자 위에 산처럼 쌓아 둔 초코파이 중 하나를 꺼내 개봉했다.

그녀의 말에 지우가 끄응, 하고 침음을 흘렸다.

"그때 이후로 소라 씨에게 '자연스러운 거니까 너무 신경 쓰지 마세요.' 나, '그래도 너무 하면 건강에 안 좋데요.' 라거나, '정 참지 못하시면 어쩔 수 없지만, 그래도 쉬면서 하세요. 뼈가 삭는데요.' 라는 메시지를 끝없이 받는데 해결이 안 됐냐고? 응? 해결이 안 됐냐고!"

남자의 원한이라는 것이 이렇게 무섭다.

한소라는 마치 어머니가 아들의 첫 해피 타임을 발견한 것처럼 이상할 정도로 민감한 반응을 보이고 있었다.

심지어 며칠 전에는 '혹시 취향이 어떻게 되시나요? 참조할게요.'라면서 영문 모를 헛소리를 해 댔다.

그것 때문에 지우 본인은 미칠 지경이었다. 너무 부끄러워서 얼굴도 못 들고 다닐 정도였다.

"러시아에선 포르노 사업을 레드 마피아가 전담하기도 하는데, 괜찮다면 하나 구해 줄까?"

알렉산드라가 초코파이를 하나 더 처리하면서 아무렇지 않은 얼굴로 농담을 건넸다. 아니, 표정이 진지해서 솔직히 농인지 진담인지 구분할 수가 없었다.

"알렉산드라, 부탁이야. 너와 나 사이가 어색하지 않도록 조금만 날 배려해 줘."

"그 정도야 어렵지 않지. 좋아, 그럼 좀 다른 이야기를 해 볼까. 예를 들어서 한국의 앱스토어 관리자는 누구지?"

알렉산드라는 지나가는 투로 대충 아무 소재나 꺼냈다.

"붉은 머리의 마녀인가 뭔가 하는 이명이 딸린 '라미아'라고 해. 하반신이 뱀이고, 이명에 맞게 적발을 한 미녀야."

새로운 초코파이로 향하던 알렉산드라의 손이 멈칫했다.

"라미아…… 한국의 이무기를 잘못 말한 것은 아니라?"

"그래."

"잠깐, 상반신이 인간이고 하반신인 뱀인 라미아라고?"

"무슨 문제라도 있어?"

알렉산드라의 반응에 지우가 머리를 갸웃하고 기울였다.

"네 야동 따위와 비교도 할 수 없을 만큼."

알렉산드라가 눈살을 찌푸렸다.

"자세히 말해 봐."

심상치 않은 분위기를 느낀 지우가 미간을 찡그렸다.

"……그 전에."

알렉산드라가 손을 들어 잠깐이라는 제스처를 취했다.

"이건 나의 추측이라는 걸 미리 말해 둘게."

"그래."

"보아하니 너는 모르는 눈치지만, 각 국가에 한 명씩 존재하는 관리자들에게는 한 가지 공통점이 있어."

"공통점?"

"그래. 그들은 성별이나 종족이 어떻건 간에 관리하고 있는 국가와 전설, 설화, 민화, 동화 등으로 밀접하게 관련되어 있지."

추측이라곤 말했지만 알렉산드라는 자신의 의견에 생각 이상으로 확증을 가지고 있는 것 같이 보였다.

"예를 들면 중국의 관리자 태공망을 보면 알 수 있지. 그가 실존 역사와 봉신연의라는 소설로 기록되어 있는 건 유명하니 굳이 그에 대해선 자세하게 설명하지 않겠어."

"러시아의 관리자는?"

"일리야 무로메츠(Илья Муурромец)."

러시아 관리자의 이름을 머릿속으로 몇 번이나 되새겼지만 아무리 생각해 봐도 누구인지 떠오르지 않았다.

이름 자체도 낯설게 느껴지는 것을 보면 한 번도 들어 본 적 없는 이름 같았다.

"이름의 뜻이 '나의 신은 하느님'이라는 것밖에 모르겠네."

그래도 러시아어를 알고 있는 덕분에 뜻 정도는 대강 알수 있었다.

"러시아의 전설 속에 등장하는 영웅으로 '이드리시체'라는 거인을 죽인 국토, 종교, 민중의 수호자이자 용사(勇士)이기도 해. 아직까지도 국가와 불멸의 상징으로 러시아인에게 사랑을 받고 있는 전설 속의 영웅인 셈이지."

"빌리나(bylina)인가."

머릿속으로 몇 가지 지식이 떠올랐다.

빌리나라는 건 '과거의 사건'이라는 뜻으로 고대 러시아의 구비적 영웅송시이다.

작자는 모두 미상이며, 9세기 후반 러시아 국가의 형성과 함께 나타났으며 구전으로 전해지다가 18세기가 되어서야 기록됐다.

또한 빌리나는 키예프와 노브고로트를 중심으로 활약한 고대용사의 무용(武勇)이나 모험에 관한 전설이기도 하다.

"태공망과 일리야 무로메츠만으로는 근거가 부족해. 둘 정도는 우연일 수도 있을 텐데."

"나와의 접촉을 위해서 두 조직에서 보낸 찾아왔던 고객들도 마찬가지인 걸 보고 확신을 가졌어. 다만 언컨쿼러블의 그 미국인은 좀 특이했지만."

"미국이야 역사가 짧기도 하고, 영국의 식민지였으니 전설이나 설화 같은 게 있을 리가 없지…… 혹시 아메리카 원주민이 관리자였어?"

현재 북아메리카에 위치해 있는 미국 땅에는 원래 흔히 인디언이라고 알려진 원주민이 살고 있었다.

약간의 추측을 해 보면 원주민이 관리자일 가능성도 있다.

지우의 물음에 알렉산드라는 고개를 좌우로 흔들었다.

"아니, 그 미국인의 말에 의하면 독수리 형태를 한 '이글(Eagle)'이라는 로봇이라고 하던데. 그것도 흰머리수리."

"뭐? 지금 나랑 장난해?"

그 말을 듣자마자 헛웃음이 절로 나왔다.

흰머리수리는 미국의 국조(國鳥)로, 미국에서 독수리라고 하면 이 새를 떠올리기 마련이다.

대통령 인장이나 정부 문장 등에는 빠짐없이 등장하며, 그야말로 미국을 상징하기도 한다.

"그건 사람도 아니잖아, 동물, 아니 로봇이라고. 어떻게…… 아니, 됐다. 말을 말자."

앱스토어에서 상식을 논하는 건 정말 바보 같은 짓이다.

일리야 무로메츠나 태공망이 실제로 존재하면서 관리자를 맡고 있는데, 말을 하거나 고객들을 관리하는 인공지능을 가진 로봇이 관리자를 맡고 있어도 이상한 일은 아니다.

"참 나, 이글이라니. 이름이라도 좀 특별하게 하던가. 독수리가 뭐야, 독수리가. 그럼 디스페어에서 찾아온 조직원은?"

"나중에 중국의 쌍둥이가 온다면 그에 대해서 자세하게 설명해 주겠지만, 국적은 멕시코. 그쪽 관리자는 '케찰코아틀(Quetzalcohuātl)'"

"젠장, 발음하기도 힘든 이름이네. 그건 또 누군데?"

중국어나 러시아어라면 모를까, 멕시코어는 모른다.

"조사해 본 결과 케찰코아틀은 아즈텍, 마야, 톨텍 문명의 신화 속에 나오는 신 이름이긴 한데 특이하게도 신인 케찰코아틀과 인간인 케찰코아틀로 나뉜 연구로 흥미가……."

"알렉산드라, 네 지식이 대단한 건 알겠어. 하지만 난 멕시코 신앙에 관심은 눈곱만큼도 없으니 요약해 줄래."

서양의 신화에 아는 것이라곤 북유럽 신화, 켈트 신화, 그리스로마 신화 정도다. 마야 문명의 경우는 멸망설이 워낙 유명해서 알지만, 아즈텍이나 톨텍은 잘 모른다.

"그리고 너 정말로 의사 맞아?"

누가 보면 역사학자가 아닐까 싶은 넓은 지식에 불만을 품었지만, 그녀는 딱히 불쾌한 표정을 하지는 않았다.

기분을 숨긴 것이 아니라, 아무래도 상관없다는 것 같다.

"오해하지 마. 나도 모든 걸 알고 있었던 건 아니니까. 나는 근 한 달 동안 놀고 있던 게 아니야. 그리고 기적의 앱스토어에 대해서 잘 알고 있으면 유리하잖아."

"하긴, 그건 그러네."

아는 것이 힘이라고 했다. 특히 기적의 앱스토어는 돈을 지불하지 않으면 아무것도 알려 주지 않는 불친절한 곳인 만큼 정보는 더더욱 중요했다.

"이야기를 계속할게. 그래도 널 위해서 간단히 요약하자면, 케찰코아틀은 신관이자 왕을 뜻해. 현재 멕시코의 관리자는 툴라 문명의 설화의 토필친 세 아카틀 케찰코아틀"

"그래. 네 말대로 우리나라만 빼고 모두 연관되어 있군."

중국의 태공망

러시아의 일리야 무로메츠

멕시코의 토필친 세 아카틀 케찰코아틀

미국의 이글

미국의 경우엔 좀 특이하긴 했지만, 어쨌거나 알렉산드라의 추측대로 자국과 관련되어 있다.

문제는 대한민국의 관리자, 라미아다.

"라미아는 워낙 일화가 많지만, 대충 축약하자면 그리스 신화와 아프리카, 유럽 정도야. 한국과는 전혀 관계가 없는 존재인데 — 아무리 생각해도 이상해. 용이 되기 직전의 이무기라면 모를까……."

"확실히 네 이론대로라면 그녀는 이상하지만, 그렇게까지 신경 쓸 문제는 아니야."

정말 한국의 고객은 전혀 신경 쓰는 모습이 아니었다.

"어차피 그녀에 대한 정체를 알려면 미들에서 하이 등급으로 올라갈 필요가 있어. 관리자에 대한 정보는 자오웨도 알아내려 했지만, 등급이 부족하다고 했으니까. 혹시 네가 하이 등급인 건 아니겠지?"

"아니, 너희와 같은 미들이야."

"그럼 하이 등급으로 올라가는 조건은?"

"몰라."

"그럼 할 수 있는 것이라곤 추측하는 것밖에 없잖아. 나중에 생각할 일이야. 그보다, 너는 더 이상 앱스토어의 상품도 살 수 없다면서 뭐가 그렇게 궁금해? 무섭다며?"

전에, 알렉산드라 스스로가 말했다.

혹시 상품을 구입하면서 죄업이 늘어나는 건 아닐까, 감당해야 할 무언가가 생기는 건 아닐까.

한없이 늘어나는 추측과 공포감 때문에 그녀는 일종의 정신병을 가지게 됐다.

지금의 불면증과 두통도 그중 하나다.

"그래. 사실 지금도 앱스토어와 관여되는 것은 석연치 않은 점이 있지. 하지만 말했다시피 목적을 위해서라면 무슨 짓이라도 해. 특히 더 이상 상품을 추가적으로 구입할 수 없는 나는 전력을 높일 수도 없어."

"과연, 무기밀매와 레드 마피아의 장악은 단순히 돈을 벌기 위해서만은 아니었나."

마인드 컨트롤은 확실히 대단한 일이지만, 알다시피 일

반인이 아니라 고객을 상대론 약점이 존재한다.

게다가 이번 대화를 통해 알렉산드라가 공격용 능력이 전무하다는 걸 유추할 수 있었다.

그렇기에 공격용 헬리콥터나 자동소총 등의 현대화 병기를 손에 넣으려고 레드 마피아를 장악했을 것이다.

"맞아. 그러니까 나는 설사 무섭고, 싫더라도 목적 달성을 위해 좀 더 노력해야해. 너도 알다시피 앱스토어는 정보에 관해선 친절하지 않잖아. 따로 정보를 수집하는 것도 나쁘지만은 않다고?"

"……끙, 네 방식과 의견을 쓸데없는 식으로 취급해서 미안하다. 확실히 네 말대로야."

재차 말하지만 아는 것이 힘이라고 했다.

설사 현 상황에서 어떻게 처리할 수 없는 의문과 지식이라고 해도, 모르는 것보다는 훨씬 나은 편이다.

"그나저나 좀 아쉬운 감이 있네. 내가 예전과 비슷한 상태였다면, 등급 때문에 직접적인 건 무리여도 일리야에게 라미아에 대해서 물어서 힌트 정도는 들었을 텐데."

"피도 눈물도 없는 관리자에게 그게 통해?"

아무래도 님프의 경고도 있고, 라미아의 이미지도 있어서 지우는 관리자를 좋게 볼 수 없었다.

그러자 알렉산드라는 무언가 예상했다는 듯이 옅게 웃으면서 답했다.

"후후. 한국의 관리자는 아무래도 꽤나 엄한 모양이네. 관리자들이 모두 비슷하다고 생각하면 큰 오산이야. 자오웨에게 들은 거지만, 태공망의 경우……."

앱스토어의 고객들은 모두 국적을 불문하고 미들 등급으로 오를 경우 국가의 지부에 방문하게 된다.

자오웨 역시 중국에서 미들 등급이 되고, 처음으로 관리자의 존재를 알게 되고 태공망과 만나게 됐다.

"낚시하느라 바쁘니까 웬만하면 묻지 말라 했다고?"

"그래. 태공망은 관리자임에도 불구하고 이렇다 할 영업 행위를 하지 않아. 도리어 별로 좋아하지 않는 눈치지."

"아니, 뭔……."

기적의 앱스토어는 돈에 미쳤다는 지우가 너무하다 할 정도로, 정말 돈이라면 환장하는 이미지다.

라미아 역시 대놓고 앱스토어는 고객에게 상품을 판매하는 기업이라고 설명까지 했었다.

그런데 거기에 소속된 관리자가 영업은 물론이고, 고객들에게 아예 '오지 않았으면 좋겠다.'라는 식으로 대하다니!

"그뿐만이 아니야. 언제는 그녀가 정보를 구입하려고 지부를 방문했는데, 태공망은 낚시터에 가야한다며 내일 오라면서 내쫓았다고 해. 어때, 흥미롭지?"

"……."

흥미라기 보단, 꽤나 충격적이어서 할 말을 잃을 정도였다. 정말 생각 외의 관리자였다.

"일리야는 구국의 수호자답게, 러시아 국적인 나에게 친절하고 좀 무른 편이었어. 상품 구입과 더불어 서비스 이용에 제한이 걸려서 더 이상 만날 수 없게 됐지만 말이야."

관리자 중에 설마 호구가 있을 줄은 상상도 못 했다.

"부럽…… 아니, 됐어. 적어도 중국보다는 낫지."

어차피 알렉산드라는 더 이상 앱스토어의 서비스도 이용하지 못하니까, 부러워할 필요는 없다.

게다가 중국의 관리자는 어찌 보면 라미아보다 더 질이 나쁜 편에 속한다.

'어?'

전 세계의 관리자와 알렉산드라의 추측 어린 이론 등에 대해서 잠시 생각을 정리하던 중. 그는 무언가 떠올린 듯 무릎을 탁 치면서 자리에서 벌떡 일어났다.

"잠깐, 알렉산드라. 너도 미들 등급이라고 하면, 혜택에 대해서 전해 들었지?"

미들 등급의 조건은 총 백 억 이상의 상품을 보유하고 있거나, 구입해야하는 이력이 있어야한다.

알렉산드라가 관리자를 만났다는 건, 즉 아직 앱스토어를 이용할 수 있을 때 기초 혜택에 대해서 들었다는 의미다.

"네가 말하는 혜택이 네 가지를 말하는 것이라면."

"맞아, 그거야! 혹시 나한테 마지막 혜택에 대해서 말해 줄 수 있겠어?"

제10장

그 누구보다,
그 어떤 세상보다

　"말하는 것이야 어렵지 않지만…… 왜 그런 걸 묻는 건지 이해가 안 가는데. 너도 관리자를 만났을 때 듣지 않았어?"

　그녀의 의문이 묻어나는 시선에 지우는 한숨을 내쉬면서 강태구를 거론하면서 자신이 처한 사정을 대충 설명했다.

　이에 알렉산드라는 전혀 이해가 안 가는 얼굴로 고개를 옆으로 살짝 기울이면서 의문을 품었다.

　"네 재산이 얼마 정도 되는지는 모르겠지만, 네 번째 혜택이나 그 한국인에 대해서 충분히 알아볼 정도가 되지 않나?"

"네 번째 혜택은 너처럼 알고 있는 고객에게 물어보면 돈을 쓸 필요가 없잖아. 그리고 강태구에 대해선 나도 몇 번 시도는 해봤지만 계속해서 돈을 지불해서 정보를 막으려고 해서…… 테마파크 사업을 준비하고 있어서 지속적으로 돈을 지출하기에는 곤란하니까."

"과연."

알렉산드라가 수긍하는 얼굴로 고개를 주억거렸다.

'설마 알렉산드라도 자오웨처럼 나오는 건 아니겠지?'

자오웨는 단순히 자신을 놀리기 위해서인지는 몰라도 스스로 알아보라면서 가르쳐 주지 않았다.

같은 동맹원이지만 사이가 좋지 않은 칭후는 말할 것도 없었다.

다행히, 알렉산드라는 지우의 불안과 다르게 허무할 정도로 그렇게나 궁금해 했던 네 번째 혜택을 가르쳐줬다.

"네 가지 혜택 중, 그 마지막은 네이션 맵(Nation map)이야."

"네이션 맵?"

"비록 일회성이고, 소속된 나라에 한해서라는 조건이 붙긴 하지만 그 지역에 있는 고객들의 위치를 확인할 수 있지. 등급에 상관없이, 상대방이 알 수 없게, 무조건."

"……."

네 번째 혜택을 듣자마자 지우는 약간의 충격을 받았는지 잠시 동안 아무 말도 하지 못했다.

그리고

'별거 아니라고? 자오웨에에에에!'

이는 뿌드득 갈리고, 이마 위엔 시퍼런 핏줄이 튀어나왔다. 머릿속에서 자오웨가 부채로 입가를 가리면서 '오호호!' 하고 하이 톤으로 웃는 광경이 지나갔다.

과거, 자오웨는 별거 아닌 혜택이니 그렇게까지 신경 쓸 필요는 없다고 한 적이 있었다.

별거 아니긴 개뿔!

'후우…… 진정하자. 일단은 강태구가 왜 네이션 맵을 나에게 숨겼는지 추측해 봐야 해.'

화가 치밀어 오르긴 했지만, 상황 파악을 위해서라도 감정을 차갑게 식히고 최대한 뇌를 굴렸다.

'그리고 보니, 원래 한국에 있던 동맹은 강태구가 양추선과 김효준을 데려와서 만들었다고 했지. 김효준은 분명 어느 날 강태구가 찾아왔다고 했어. 그렇다면…… 분명히 네이션 맵을 이용한 것이 틀림없다.'

한국인인 강태구가 네이션 맵을 사용했다면, 한국에 있

는 고객들의 인원과 위치를 모두 알 수 있다.

아마 그 동맹은 강태구가 네이션 맵을 쓰면서 결성됐을 가능성이 크다.

'그리고 김효준이나 양추선이 그걸 추측하지 못했다는 건, 나처럼 정보 제한이 걸려 있었을 거야.'

김효준이나 양추선의 고객 등급은 모른다. 하지만 양추선은 그렇다 쳐도 김효준은 미들 등급일 확률이 높았다.

김효준에게서 빼앗아 온 상품, 마도왕의 시계도 그렇지만 분명 백 억 대 이상의 자산을 가지고 있었을 것이다.

어쨌거나, 김효준 역시 라미아를 만났었겠지만 — 자신과 마찬가지로 네 번째 혜택을 모르고 있었을 가능성이 컸다.

강태구에 의해서.

'아마 그때는 아직 내가 고객이 되지 않았을 테니, 네이션 맵에 포착되지 않았을 거야. 아니, 나뿐만이 아니다. 나와 마찬가지로 자신 외에 고객을 처음 봤던 백고천도 마찬가지야.'

양추선의 일을 떠올리면 알 수 있었다.

당시의 한국 동맹은 모두 백고천의 존재를 몰랐고, 양추선이 우연찮게 호기심을 갖고 조사한 끝에 알게 됐다.

그래서 백고천의 파나세아를 독식하기 위해서 추적한 끝

에 자신을 찾아오게 됐다.

'그리고 양추선의 죽음으로 인해 나와 백고천의 존재를 눈치채고 뒤늦게…… 잠깐만.'

생각을 해 보니 자신의 추측에는 모순이 하나 있었다.

'그렇다면 백고천이 이상하잖아. 강태구의 네이션 맵에 포착되지 않았으니 정보 제한도 걸리지 않았을 테니, 혜택에 대해서 모두 알고 있었을 거야. 그럼 왜 나에 대해서, 그리고 다른 고객들에 대해서 몰랐을까?'

웅웅.

머리가 모터처럼 회전하기 시작한다. 뇌세포가 맥박을 치면서 활성화됐다.

과열된 머리에서 허연 김이 피어오르는 기분이었다.

'강태구가 백고천만 내버려 둘 리도 없고, 동맹도 모르는 눈치였어. 그렇다면…… 아.'

지우는 무언가 눈치챈 듯, 고개를 들어 초코파이를 먹음직스럽게 바라보고 있던 알렉산드라에게 질문을 건넸다.

"알렉산드라, 너는 네이션 맵 사용했어?"

"아니, 아직 쓰지 않았어. 후에 언컨쿼러블과 디스페어에게서 도망치기 위해 아껴둔 셈이지. 너도 되도록 아껴 두는 것이 좋을 거야."

"과연."

네이션 맵은 상대가 눈치채지 못하도록, 무조건적으로 그 인원과 위치를 확인할 수 있는 강력한 정보 시스템이다.

설사 관리자에게 부탁해서 돈을 지불한다고 해도, 아마 불가능할 확률이 높았다. 등급 향상으로 인한 기본적인 혜택이기 때문이었다.

하지만, 이 힘은 강력하기 때문에 일회성으로밖에 쓰지 못한다. 그렇기에 백고천 역시 아까워서 쓰지 않은 것뿐.

강태구는 과감하게 써 버린 것일 테고.

'역시 강태구는 그냥 둘 수 없어. 위험해.'

김효준과 양추선. 무려 두 명의 고객을 자기 손안에 넣어서 가지고 놀았다.

백고천은 운이 좀 좋았지만, 자신 역시 강태구의 손바닥 위에 있었다.

'앱스토어에 대한 정보를 혼자서만 알고, 다른 고객들은 알 수 없게 손을 써뒀다. 결과적으로 효과는 뛰어났어. 내가 이제야 눈치챘으니까.'

만약 알렉산드라를 만나지 못했다면 아직까지도 영영 알 수 없었을지도 모른다.

'제길, 내 언젠가 자오웨 그년 얼굴에 기필코 한 방을 먹

일 거야.'

결국 자오웨가 가르쳐 주지 않아서, 그리고 별거 아닌 혜택이라고 해서 네이션 맵을 중요하게 여기지 않았다.

그녀를 너무 믿어버린 자신이 멍청했다.

지우는 속으로 다시 한 번 자오웨에 대한 복수심을 키우면서 알렉산드라에게 재차 네이션 맵에 대해 물었다.

"알렉산드라, 네이션 맵이란 건 그 나라에 소속된 고객이라면 외국에 있어도 알 수 있어?"

"그건 불가능해. 예를 들어 네가 한국에서 네이션 맵을 사용하면, 한국에 있는 고객들에 대해서만 알 수 있지."

"반대로 외국인이 한국에 있다면?"

"알 수 있어."

"과연…… 확실히 혜택이긴 혜택이구나."

약간 조건이 까다롭기는 하지만, 그래도 사용한 국가에 있는 고객들은 국적에 상관없이 모두 알 수 있으니 좋았다.

알렉산드라는 다시 생각에 잠기려는 지우를 보자마자 얼른 조언을 해 줬다.

"내 기억력은 우수한 편이니 틀리지는 않겠다만, 차라리 관리자를 찾아가서 묻는 것이 좋을 거야. 아마 그 한국인이 손을 써서 알리지 못하게 손을 써뒀지만, 네가 직접 가서 미들 등급의 혜택으로 요구한다면 무료로 가르쳐 줄 확률이 높으니 시도는 해 보는 게 좋아."

말이 끝나자마자 알렉산드라가 턱 끝으로 문을 가리켰다.

미들 등급의 세 번째 혜택, 방문을 통해서 '문'이라는 매개체를 통해 지점을 방문할 수 있다.

'그 여자 얼굴은 보기 싫지만⋯⋯.'

생각해 보니 지금까지 라미아와의 만남은 별로 없었다.

자오웨나 알렉산드라를 통해서 앱스토어의 정보를 얻을 수 있었고, 등급 제한 등이나 강태구의 정보를 구입해도 반격해 오니 정보 구매를 이용할 일이 없어서 그렇다.

게다가, 님프의 경고나 머릿속으로 라미아의 위험성 때문에 자기도 모르게 무의식적으로 피하게 됐다.

'슬슬 만나 볼 때가 됐나.'

하지만 언제까지나 피할 수는 없다.

아무리 불길하고, 속을 알 수 없는 라미아지만 이번에는 정보를 제대로 알아야할 필요가 있었다.

자오웨에게 대신 물어봐달라고 하면 제대로 된 정보를 가르쳐 줄 지가 의문이고, 알렉산드라는 믿을 만하지만 앱스토어의 서비스를 이용할 수 없으니 논외다.

결국 자신이 직접 나서야만했다.

"알았어, 여기서 잠시 기다려."

*   *   *

"어서 오세요, 고객님."

문을 열자 신기하게도 라미아가 기다렸다는 듯이 사무실 책상 앞에 앉아서 웃는 얼굴로 지우를 환영해 줬다.

여전히 숨이 멎을 듯한 미모도 그렇지만, 다가갈 수 없는 신비로운 분위기가 걸음을 멈추게 한다.

아우라가 몇 단계일지는 모르겠지만, 지우조차도 쉽게 접근할 수 없다는 건 상상도 못 할 정도로 높다는 말이다.

"제가 왜 방문한지는 알고 있을 겁니다."

"네, 그럼요."

앱스토어의 고객은 10조 달러를 지불하지 않으면, 항상 관리자 등에게 주시를 받는다. 즉, 방금 전까지 알렉산드라 와의 대화 역시 라미아가 알고 있다는 의미였다.

누군가에게 감시를 받는 것은 유쾌한 기분은 아니다. 아무리 그게 절대적인 존재라고 하여도 말이다.

또한, 아무리 돈을 받았다곤 하지만 기본적인 혜택까지

일부러 숨긴 라미아를 좋게 보기에는 좀 무리가 있었다.

지우가 라미아를 필요 이상으로 경계하고 싫어하는 눈치를 보이는 건 당연한 일이었다.

"차암, 그렇게 너무 미워하지 마세요. 고객님께선 저희 앱스토어를 오랫동안 애용해 주시는 단골이신데, 그렇게 바라보시면 제 가슴이 다 아프답니다."

라미아는 와이셔츠 단추를 몇 개 풀어 헤친 가슴 계곡에 손을 슬며시 얹으면서 유감이라는 듯 쓰게 웃었다.

"잡담을 할 생각은 없으니, 네 번째 혜택을 가르쳐 주십시오. 물론 등급 향상에 따른 당연한 혜택을 요구한 것이니, 돈을 지불할 필요는 없다고 생각합니다."

그러나 지우의 반응은 냉랭하기만 했다.

이에 라미아는 아쉬운 표정으로 한숨을 내쉬었으나, 그래도 웃음을 잃지 않고 친절하게 설명해 줬다.

"알렉산드라 고객님께서 완벽하게 기억하고 계시더군요. 네이션 맵은 현재 위치한 나라에서 단 한 번만 사용할 수 있으며, 그 나라에 있는 고객들의 인원수와 위치만을 확인할 수 있습니다."

"외국에서도 사용할 수 있습니까?"

알렉산드라에게 물어보려고 했지만, 그녀가 라미아를 만

나보라고 권장해서 묻지 못한 마지막 질문이었다.

"그 질문의 의도는 한국이 아니라 다른 나라에 가서도 사용할 수 있냐는 의미인가요?"

"예."

"네, 사용할 수 있습니다. 단 한 번. 본인 외의 고객들이 눈치챌 수 없도록 고객님들의 위치와 인원수를 확인할 수 있답니다."

'과연, 백고천이 쓰지 않았던 것도 이해가 가는구나.'

타국에서도 쓸 수 있다면 네이션 맵은 병기로서 가치가 뛰어나다고 할 수 있었다.

알렉산드라처럼 도주용으로도 가능하지만, 반대로 공격용 등 여러 가지 용도로 이용할 수 있었다. 또는 강태구처럼 아무것도 모르는 고객들을 포섭해서 이용할 수도 있다.

'이건 유용하게 잘 쓸 수 있겠어.'

비상시 도주용으로도, 그리고 언컨쿼러블과 디스페어를 처리할 용도 등이 있다.

"다시 한 번 묻지만, 미들 등급의 혜택은 이것으로 하나도 빠짐없이 다 가르쳐 주신 겁니까?"

"네, 그럼요."

"솔직히, 그때 한 번 속은 걸 생각해 보면 믿기지는 않는군요."

지우가 대놓고 불신으로 가득한 눈으로 라미아를 쳐다봤다. 어쩌면 강태구가 또 손을 써서 남은 혜택을 숨기고 있는 것은 아닐까 하고 의심이 갔다.

"어머, 너무 절 미워하지 말아 주세요. 강태구 고객님께서 십억이나 지불하면서 정보를 조작해 달라고 하시는데 어쩔 수 없었는걸요. 제가 이래도 한국 고객 분들을 위해 헌신을 하고 있는 관리자인데, 섭섭해요."

라미아는 얼굴을 손바닥으로 가리면서 "흑흑" 하고 대놓고 거짓 울음을 연기했다.

이에 지우는 어디서 허튼짓이냐는 얼굴로 흥, 하고 코웃음을 치면서 왼손을 휘저으며 말했다.

"하긴, 제가 너무 안일하게 생각했습니다. 원래 이 동네가 돈으로 모두 해결하는 곳 아니었습니까? 1억 지불할 테니까, '미들 등급의 모든 혜택에 대한 정보'를 요구합니다."

결국 끝까지 라미아를 믿지 못한 지우가 돈까지 지불하면서 정보를 요구했다.

그러자 라미아는 얼굴을 가린 손바닥을 치워내고, 다시 쓰게 웃으려다가 무언가 발견한 듯 두 눈을 휘둥그레 떴다.

"어머나?! 잠깐만요! 저, 저, 정지우 고객님!"

라미아가 눈 깜짝할 사이에 사라졌다가 나타났다. 단순히 번개같이 빠르게 움직였다는 것이 아니라, 정말로 순간이동을 하듯 사라졌다가 코앞에 나타나서 지우의 왼쪽 손목을 낚아챘다.

'무슨 힘이⋯⋯.'

라미아의 갑작스러운 행동에 지우는 깜짝 놀라 자기도 모르게 뒤로 물러나려 힘을 쓰려다가 등골이 오싹해졌다.

'꼼짝도 할 수 없다.'

콘크리트도 주먹질 한 방에 박살 낼 수 있는 근력을 지닌 자신이다. 그런데 아무리 힘을 써 봐도, 아니 라미아에게 잡힌 몸이 긴장으로 잔뜩 굳었는지는 모르겠지만 약간의 힘도 제대로 쓰지 못했다.

'이것이, 관리자인가.'

그동안 다양한 고객들과 싸워오면서 나름대로 육체적 능력이나, 정신적 능력 등에 자신이 있었다.

하지만 그것도 관리자의 앞에서는 무소용. 마치 정말로 뱀에게 목을 물린 것처럼 꼼짝도 할 수 없었다.

'관리자와는 절대 싸워선 안 돼. 자오웨와 칭후, 알렉산드라와 힘을 합쳐도 이길 수 없어. 이건 확신이야.'

단순히 감으로 치부하기에는 힘들다. 아마 이 자리에 동맹원들이 있었더라면 그들도 수긍했을 것이다.

라미아는 딱히 위협적인 기세를 내뿜는 것도 아닌데도, 무의식적으로 '이길 수 없다.'라고 인식하게 됐다.

"앗, 이런. 죄송해요."

라미아는 지우에게서 대답이 들려오지 않자, 그제야 그가 경직된 걸 확인하곤 황급히 뒤로 몇 걸음 물러서 사과했다.

이에 지우는 왼쪽 손을 반대쪽 손으로 매만지면서 눈살을 찌푸렸다.

"대체 무슨 짓입니까?"

방금 전까지만 해도 그녀에게 지배되어 입술 하나 달싹할 수 없었지만, 신기하게도 라미아가 떨어지니 원래의 평정을 찾을 수 있었다.

그것이 트랜센더스라는 희대의 초능력 덕분인지, 아니면 라미아가 무슨 짓을 했는지는 알 수 없었다.

"그, 그, 그그그! 그 시계 어디에 나셨나요?"

라미아가 보기 드문 모습을 보였다. 아니, 그녀가 이렇게나 감정을 드러내면서 놀라는 건 처음이었다.

떨리는 목소리, 심하게 더듬는 말, 그리고 왠지 모르게 흥분한 듯 눈을 반짝이면서 숨을 거칠게 내쉰다.

이에 지우는 자연스레 라미아의 눈길이 향하는 곳, 왼쪽 손목에 찬 마도왕의 시계로 향했다.

"마도왕의 시계요?"

"역시나! 그분의 시계가 틀림없군요!"

라미아는 "하아. 하아." 하고 사람, 아니 인격체로서 심히 안쓰러운 반응을 보이면서 세로로 갈라진 금색의 동공은 반짝였다. 마치 먹이를 노리는 뱀과도 같았다.

"설마 그분이라는 것이 김효준을 말하는 건 아니겠죠?"

"아뇨, 그럴 리가요. 그분이라는 건 그 시계의 원주인을 말씀드리는 거예요. 잠깐, 그보다 김효준 고객님이 가지고 계셨다고 하셨나요?"

"아, 예."

"김효준 고객님도 너무하시네요! 저번에 서로의 꿈에 대해서 심도 있는 대화를 나눠서 알고 계셨을 텐데…… 어휴! 죽은 사람을 되돌릴 수도 없는 일이니 더 답답하네요!"

라미아는 볼에 살짝 바람을 불어 넣고 입술을 삐쭉 내밀었다. 여태껏 봤던 모습 중 가장 귀엽게 느껴졌다.

'오호라, 김효준이 이 비싸기만 한 걸 괜히 산 게 아니었군.'

이 시계에는 마도왕의 마법이 세 가지나 저장되어 있다.

하지만, 아무리 마도왕의 마법이 있다고 해도 솔직히 마도왕의 시계는 능력에 비해 너무 비싼 감이 있었다.

스피릿 소드는 확실히 편리하지만, 그렇다고 대단한 건 아니다. 단순하게 부러지지 않는 검을 소유한 정도였다.

마도왕의 시계의 가격은 기본적으로 백 억. 그리고 나머지 두 개의 슬롯 마법을 개방하기 위해선 추가적으로 또 돈을 지불해야 했다.

뭐가 잠들어 있는지는 알 수 없지만, 마도왕의 시계는 가성비가 맞지 않았다. 사치 중에서도 사치다.

그래서 지우도 돈이 아까워서 마도왕의 시계에 저장된 마법을 추가적으로 구입하고 있지 않고 있었고, 또 이걸 구입한 김효준도 이해하지 못했다.

'보아하니 김효준은 나에게처럼 라미아와 꿈인가 뭔가 하는 시답잖은 잡담을 한 모양이네. 참 오지랖도 넓은 놈이란 말이지. 그래도 그 대화 덕분에 라미아조차도 이렇게 만들 수 있는 존재의 이름을 알게 됐어.'

마도왕, 카슬란.

지우는 재차 그 이름을 머릿속으로 되새겼다.

'잠깐, 그런데 라미아는 왜 내가 마도왕의 시계를 김효준에게서 빼앗은 걸 모르고 있었지? 아니, 어떻게 김효준

이 가지고 있는 것조차 모를 수 있을까? 이상하잖아.'

앱스토어의 관리자는 고객에 대해서 뭐든지 알고 있다.

김효준과의 싸움과 결과도 알고 있는데, 어째서 마도왕의 시계 부분만 알고 있지 못하는지 의문이 들었다.

"그건 그분의 것이기 때문이랍니다."

돈을 써서라도 마도왕에 대해서 물어보려고 했지만, 라미아는 지우의 생각을 꿰뚫은 듯 의문을 곧바로 해소해 줬다.

"제가 여러모로 사정이 있어서, 그분. 카슬란 님과 관련된 정보는 얻을 수 없거든요. 관리자의 힘으로도 어디에 있는지 추적도 할 수 없고, 또 제가 따로 빼돌릴 수도 없고 말이죠."

라미아는 어깨를 축 늘어뜨리면서 한숨을 푹 내쉬었다. 뱀으로 이뤄진 하체의 꼬리 부분 역시 축 늘어진 걸 보면, 진심으로 안타까워하는 듯했다.

"김효준도 생각해 보면 거참 대단한 놈이군요. 입을 털어서 당신 같은 사람에게 그런 중요한 정보도 얻고…… 잠깐, 그런데 이것도 정보인데 왜 저에게 공짜로 가르쳐 주는 겁니까?"

"정지우 고객님께서 전 차원을 통틀어 하나밖에 없는 상품을 보여주셨기 때문에 그 답례를 하는 겁니다."

라미아가 다시 꼬리를 흔들거리면서 장난감을 앞에 둔 강아지처럼 왼쪽 손목에 집중했다. 손가락을 꼼지락거리는 걸 보니 만져보고 싶어서 꽤나 애가 탄 모습이다.

"설마 고객의 것을 강제로 빼앗거나 하는 건 아니겠죠?"

라미아의 금안에 맺힌 무한한 탐욕을 본 지우가 마도왕의 시계를 다른 손으로 가리면서 질겁하는 모습을 보였다.

그녀에게 있어서 마도왕의 시계는 단순한 상품이 아니라, 무언가 사연이 깊게 연결되어 있는 것 같았다.

"어머, 절 뭐로 보시고 그러세요. 오해하시는 것 같지만, 저 그렇게 막나갈 수 있는 여자가 아니랍니다. 그래서 이렇게 지켜만 보고 있잖아요?"

"확실히……."

"그나저나 김효준 고객님도 참 특이한 분이셨죠. 틈만 나면 저에게 찾아와서 꿈에 대해서 어떻게 생각하느냐, 현대 사회가 어떠냐는 등 별 이상한 주제로 말을 거셨어요."

"툭하면 찾아왔다는 말입니까?"

"네. 대신 저에게 질문을 하면 돈을 내셔야해서, 무료는 아니었지만요. 수십 억 정도 쓰셨을걸요. 가끔씩 이 경험을 살려 고객 분들의 인생 상담을 할까도 해요. 후후."

라미아는 농담을 던지면서 재미있다는 듯이 웃었다.

'김효준⋯⋯.'

그러나 지우는 그녀의 이야기에 웃을 수 없었다.

'그렇게도, 그렇게도 중요했던 거냐. 너에게 꿈이 대체 뭐길래, 네 인생이 뭐길래 그렇게 궁금했던 거냐. 죽기 직전만 해도 나에게 그렇게 묻기만 하더니만⋯⋯.'

관리자와 대화를 통해서 카슬란에 대해 우연찮게 알게 되고, 그에 관련된 상품을 산 것까지는 그렇다고 치자.

하지만 그 외의 쓸 만한 정보도 없는데도 라미아를 찾아와 돈까지 지불해가며 대화를 나눈 건 이해할 수 없었다.

아무리 생각해도, 이해하려 해도.

'관리자가 신으로 보이기라도 해서 물어본 거냐. 네 이념을, 철학관을 라미아를 통해서 인정받고 싶어서였냐? 아니면, 가족도 친구도 없어서 단순히⋯⋯ 대화 상대를 찾았던 것뿐이야?'

아직까지도 김효준에 대한 의문은 끊이지 않지만, 답을 들을 수는 없다. 그를 죽인 건 자신이기 때문에.

그렇기에 김효준의 생각은 영영 알 수 없다.

"라미아."

이해할 수 없다.

"네, 고객님."

시원스러운 대답을 들을 수 없다.

"당신께선 아까, '죽은 사람을 되돌릴 수도 없는 노릇'이라고 말했습니다. 단도직입적으로 묻겠습니다. 앱스토어는…… 생명. 생명만큼은, 돈으로 살 수 없는 겁니까?"

대부분의 문제는 돈으로 해결된다.

"아시고 계시겠지만, 1억입니다."

하지만 돈으로 세상의 모든 문제를 해결할 수는 없다.

"지불하죠."

결코.

"살 수 없습니다."

라미아가 언제나처럼 눈부신 미소를 짓는다.

"생명의 창조는 물론이고 — 사자를 소생시킬 수도 없습니다. 죽기 직전이라면 엘릭서나 포션으로 어떻게 할 수 있을지도 모르겠지만, 이미 목숨이 끊겼다면 그건 불가능합니다."

라미아는 친절하면서도 침착한 어조로 확신을 담아 질문에 답했다.

"설사 역천의 마법을 익힌 마도왕이라고 해도, 생명의 권능을 지닌 요정왕의 힘으로도 그건 불가능합니다. 불로

(不老)를 통한 자연사는 회피할 수 있습니다만……."

즉, 앱스토어의 힘을 빌려서 신체를 늙지 않게 만들면 적어도 병이나 나이로 죽는 일은 없다는 뜻이었다.

"일단 '죽음'으로 선고형이 내려진다면 그걸로 끝입니다만 — 환생을 통해서 재탄생하는 건 가능합니다. 알고 싶으시다면 추가적으로 지불을……."

"아니, 됐어. 그 정도 대답이면 충분해."

라미아에게 지불한 돈이 충분한 가치를 했다.

그만큼 만족스러운 대답을 들었다.

'그래, 사람은 죽으면 되돌릴 수 없어. 그러니까, 더욱 마음을 바로잡아야 해. 내 가족들을 죽게 놔둘 수는 없어.'

딱히 가족들의 영원불멸을 원하는 건 아니다.

하지만 적어도 소중한 가족들이 교통사고 등, 불행한 사고로 어이없이 생명을 잃게 만들 수는 없다.

인간의 삶은 짧다. 아무리 과학의 발전했다곤 하지만, 아무리 길어도 100년 정도가 한계다.

그리고 그 세월 동안, 행복하기를 바란다.

그 누구보다, 그 어떤 세상보다.

그러니까.

'설사 괴물이라 불려도 상관없어. 악마가 되도 괜찮아.

인간으로서 무언가를 포기했더라도, 나는 가족을, 그리고
내 주변의 사람들을 위해서.'

　행복해진다.

　기필코.

제11장

제임슨 쿠퍼
(James Cooper)

정신을 차려보니 약속된 시간의 날이 왔다.

하얼빈 뒤처리 때문에 중국에 남아 있던 쌍둥이가 방한 (訪韓)했다. 그러나 알렉산드라 때처럼 마중은 나가지 않았 다.

알렉산드라와 달리 중국의 쌍둥이는 상품으로 한국어를 자유자재로 구사할 수 있으며, 또 제주도에 위치한 골드 그 랜드 호텔의 대주주이니 한국의 사정에 대해서 나름 잘 알 고 있어서 안내가 필요 없었다.

아니, 설사 마중을 요청했다고 해도 가고 싶지 않았다.

네이션 맵으로 자신을 속인 걸 생각하면 자다가도 벌떡 일어날 정도로 짜증이 나기도 하고, 불과 며칠 전에 포춘텔러에 의하여 스캔들이다 뭐니 고생을 했다.

그런데 또 미쳤다고 문제의 장소였던 인천국제공항을 갈 리가 없었다.

"과연, 그런 일이 있었나요. 확실히 언론의 눈은 조심하는 편이 좋죠. 저도 중국의 공안뿐만 아니라 몇몇 기자들이 붙어서 항상 물어야 할지 아니면 담가야 할지 고민하고 있답니다."

그동안 있었던 일을 전해 들은 자오웨가 소감을 건넸다.

남들이 듣는다면 농담이라 생각하겠지만, 상대가 구주방의 간부라면 이야기가 다르다. 저건 진담이다.

"그럼 네이션 맵을 써서라도 기자들을 피하는 건 어떤지요."

"어머, 혜택에 대해서 드디어 아신 모양이네요. 그녀가 가르쳐 준 건가요?"

소파에 앉아서 한 손에는 서류더미를, 한 손에는 초코파이를 든 알렉산드라를 자오웨가 턱 끝으로 가리켰다.

"그녀가 가르쳐 준 것도 있었지만, 최종적으로는 관리자에게 물어서 확인했습니다. 당신 말대로 중요하지 않던 정보더군요. 언젠가 그 상냥한 배려에 답하도록 하겠습니다."

"그럴 것까지는 없는데, 친절도 하시네요. 우후후."

"사양하지 않으셔도 됩니다."

두 남녀의 눈빛이 허공에 교차하면서 불꽃을 튀겼다.

"동양에선 너희를 보고 견원지간이라고 하던가. 이제 그만 좀 싸우고 내가 가져온 서류나 확인하지 그래."

알렉산드라가 술 대신에 준비해 둔 아메리카노를 한 모금 마시곤 눈짓으로 탁자 위를 눈으로 가리켰다.

그녀 본인을 포함하여 지우, 자오웨, 칭후에 맞춰서 서류가 각 자리에 잘 정돈되어 올라와 있다.

나머지 세 사람이 시선을 서류로 눈을 옮기자, 그제야 알렉산드라가 브리핑을 시작했다.

"제임슨 쿠퍼(James Cooper)."

자오웨 언컨쿼러블의 미국인 이름을 소리 내어 읽었다.

"영국계 미국인, 연령 34세. LAPD에서 경사(Sergeant)로 근무했으나, 과잉진압으로 문제를 일으켜 사퇴. 참 나, 누가 정의의 조직 아니랄까 봐 전직도 그럴싸하네요."

"LAPD?"

"헐리웃 영화에 자주 등장하잖아요. 로스엔젤리스 폴리스 디파트먼트(Los Angeles Police Department)의 약자

예요."

LAPD는 캘리포니아주에 위치한 로스엔젤리스, 흔히들 말하는 LA의 치안을 담당하는 경찰조직이다.

LA배경으로 한 헐리웃 영화, 특히 액션 장르에선 반드시 등장하는 기관으로 유명하다.

"전직 경찰을 조사하는 건 조금 성가셨지만, 그다지 어려운 일은 아니었어. 경찰을 그만두고 난 뒤에는 사설기관의 경호원으로 일하는 것 같은데, 정작 어디서 근무하는지 몰라. 아마 거짓 신분일 확률이 높겠지. 그래도 딱히 숨어 다니는 건 아니라서, 곳곳에서 그의 흔적이 나타나 찾아가는 데는 어려움이 없을 거야."

"영화나 현실에서나 경찰과 관련되면 좋은 꼴은 못 보는데……."

현직이건 전직이건 대부분 굉장히 성가신 게 경찰이다.

"디스페어는?"

"호아킨 마르티네스(Joaquin Martinez)"

적어도 케찰코아틀보다는 발음하기 수월한 이름이다.

"하얼빈 사태 이후, 근 한 달 동안 대부분의 조사는 제임슨이 아니라 호아킨에 사용했다 해도 과언이 아니야."

알렉산드라가 검지를 움직여 탁자를 툭툭 두들겼다.

"베일에 가려진 걸 파헤쳐보니, 모렐로스라고 불리는 마약 카르텔이 나왔어. 덩치도 제법 크던데."

"또 범죄조직이라니, 이제 좀 봐줬으면 하는데."

마약 카르텔이라는 말이 나오자마자 지우가 질색했다.

"아니, 대체 왜 내 주위에는 이렇게 범죄자들이 차고 넘치는 건지 슬슬 의문이 드는데."

사이비 교주였던 백고천부터 시작해서, 구주방의 자오웨와 칭후, 레드 마피아의 알렉산드라와 세르게이.

어째 만나는 고객들보다 정상인이 별로 없었다.

음지가 아니라 양지에서 살아온 사람이라곤 김효준이나 이번에 알게 된 제임슨 쿠퍼 정도다.

"유유상종이라는 말 들어보셨어요?"

"닥쳐요, 자오웨."

"후후후."

솔직히 웬만하면 더 이상 범죄조직과 관련되고 싶지 않았다. 괜히 가족들이 말려들까 봐 걱정이 됐다.

"호아킨은 제임슨에 비해 찾는 데 제법 시간이 걸리겠지만, 그렇다고 찾을 수 없는 건 아니야."

과연 알렉산드라, 놀라울 정도로의 정보력을 지녔다.

자오웨의 구주방과 그녀의 산하에 있는 하오문도 대단하

지만, 알렉산드라도 보통이 아니다.

"……어떻게 할 생각이지?"

칭후가 웬일로 지우에게 먼저 말을 걸었다. 항상 대화를 할 때는 시비를 걸거나, 죽이겠다고 신랄한 말을 건네던 모습만 보니 이렇게 평범한 질문에도 깜짝깜짝 놀라게 된다.

"그 둘이 서로 알고 있을지는 모르겠지만, 서로에 대한 정보를 흘려줘. 언컨쿼러블은 디스페어를 막으려고 혈안이니까, 분명 호아킨에게 접촉할 거야."

"그 둘의 공멸(共滅)을 노리나."

"설마. 반대로 그러면 우리 쪽이 곤란하지. 그들은 동료가 있으니 결코 혼자 싸우려하지 않을 거야. 분명 조직에 속한 타 고객이 온다."

적대하는 고객에 대해서 알게 되면 역시 가장 신경 쓰이는 건 '그쪽에는 몇 명이 있나?' 이다.

아무리 무력 측면으론 자신이 있는 지우라고 해도, 미증유의 힘을 지닌 고객이 세 명 이상 있는 것은 부담스럽다.

절대적인 초능력을 가지고 있는 알렉산드라조차 결국 세 명이 있어 스스로 패배를 선언하지 않았나.

"알다시피 우리가 그들에 대해 아는 건 그 두 명에 한해서야. 그러니 그 둘의 만남을 주선하고, 나머지 조직원들을 파악해서 작전을 세운다. 싸움은 그 이후부터다."

알렉산드라 가라사대, 아는 것이 곧 힘이다.

✳　　　✳　　　✳

미국, 로스엔젤리스(LA).

교통체증으로 매일매일 욕이 절로 튀어나오는 베니스 대로(Venice Blvd) 부근 405번 고속도로를 빠져나온 제임슨 쿠퍼는 그제야 숨을 돌릴 수 있었다.

― He's stupid, He's stupid, He's stupid…….

차 내부에 흐르는 노래는 딱히 이렇다 할 음악적 취미가 없는 제임슨이 듣기에도 상당히 좋은 음악이었다.

목소리도 가사에 실린 감정도 뭐 하나 빠질 것 하나 없다. 설사 엉터리 음계를 집어넣어도 문제가 없을 것 같았다.

최근, 빌보드 차트 상위권에 폭풍 같은 인기를 자랑하면서 오른 k―pop이다.

윤소정이라는 한국의 여가수가 부른 노래인데, 자신의 마음을 눈치채지 못하는 남자를 '바보'나 '멍청이'라고 탓하는 내용의 노래였다.

"여보세요."

— 호아킨을 찾았어.

끼이익!

차가 급브레이크를 밟으면서 지면 위에 시커먼 타이아 자국을 남기며 아슬아슬하게 멈춰 섰다.

"호아킨? 호아킨 마르티네스?"

제임슨은 스마트폰 액정 화면에 뜬 이름을 재차 확인한 뒤, 그게 정말이냐는 어조로 되물었다.

— 그래, 모렐로스 마약 카르텔의 호아킨.

"호아킨……."

호아킨 마르티네스는 제임슨 쿠퍼에게 있어 다른 고객에 비해서 조금 특별했다.

"자세하게 말해 봐."

호아킨은 미국 내 갱단과 협력관계를 맺어, 멕시코에서 미국으로 마약을 대량수출해서 큰돈을 번 적이 있다.

그 마약은 대부분 뉴욕과 LA를 중점으로 들어왔고, 당시 경찰이었던 마약단속국과 공동 임무로 호아킨을 쫓았으나 — 결국 추적에 실패하고 그대로 놓쳐버렸다.

당시에 제임슨은 아직 고객이 아닌 일반인이었으니, 그보다 빨리 앱스토어의 고객이 된 호아킨을 잡을 리가 없었다.

그러나 얼마 후, 스마트폰에 수수께끼의 앱이 설치되고 몇 년이 지나 호아킨의 정체에 대해서 알게 된다.

평소에 웬만하면 화를 내지 않는 제임슨조차도 호아킨 얘기가 나오면 이렇게 종종 흥분한 모습을 보인다.

— 제임슨. 좀 진정해.

"그래, 나도 내가 필요 이상으로 흥분한 상태라는 걸 알고 있어. 하지만 호아킨은 가만히 두면 안 될 개자식이야. 또 마약을 미국에 유통하면, 수많은 사람들이 마약으로 괴로워하고, 그 가족들에게 피해가 갈 거야. 우린 그 일을 기필코 막아야 해."

*　　　*　　　*

멕시코, 에카테펙 데 모렐로스.

멕시코에서 두 번째로 인구가 많은 이 도시는 애석하게도 멕시코시티와 다르게 범죄조직이 활개를 칠 정도로 치안이 안 좋기로 악명이 높다.

멕시코 정부에서 몇 번이나 불명예를 지우기 위해 치안 향상을 위한 시도를 했으나, 별 효과는 보지 못했다.

도시 자체는 부촌과 빈민촌으로 나뉘어져 있는데, 호아

킨은 주로 부촌에 위치한 여러 개의 자택을 전전하며 멕시코 정부의 눈을 피해 다닌다.

"언킨쿼러블, 드디어 꼬리가 잡혔구나. 내 네놈들을 잡으려고 수십억을 허공으로 날린 걸 생각해 보면……."

호아킨은 호화로운 수영장 바깥으로 빠져나와 이를 뿌득뿌득 갈았다. 정갈한 콧수염이 분노로 인해 파르르 떨렸다.

불과 10분 전, 전화가 왔다. 오래전 제임슨 쿠퍼에 대해 조사를 시켰던 카르텔의 수하 중 한 명이었다.

"돈으로 모든 걸 할 수 있는 주제에, 서로 비슷한 자산을 지니고 있다면 무엇도 할 수 없다니."

미들 등급인 호아킨은 관리자를 통해 정보 시스템을 애용했다. 그가 마약으로 번 돈이 상당하기 때문이었다.

하지만 상대에 대해서 정보를 구매하면 뭐하나, 곧바로 상대 쪽에서 돈을 추가적으로 지불해 정보를 구입하려는 걸 막는다.

마찬가지로 호아킨도 역시 언킨쿼러블 중 누군가가 자신에 대해 알려하면 돈을 써서 정보를 제한한다.

게다가 불행하게도 언킨쿼러블 역시 돈이 많아서, 서로 붙어봤자 끝없이 돈만 소비할 뿐 어떠한 정보도 얻지 못한다. 그래서 이 둘은 무언의 약속이라도 한 듯 세 번 정도 실패하면 추가적인 정보를 구입하려들지 않는다.

그래서 아는 것이라곤 과거에 언컨쿼러블과 싸웠을 때 봤던 얼굴이나 체형, 목소리. 약간의 단서뿐이다.

그런데 그중 한 명이 이번에 걸려들었다. 기쁘지 않을 수가 없었다.

언컨쿼러블의 꼬리를 잡은 호아킨은 재빨리 디스페어의 일원들에게 모조리 연락해서 소집을 청했다.

한편, 에카테펙의 빈민촌.

을씨년스러운 분위기가 풍기는 골목 안, 멕시코인이 흐리멍덩한 동공에 침을 질질 흘리며 벽을 뚫어지게 쳐다본다.

"과연, 마인드 컨트롤. 혹시 부자연스러우면 어쩌나 싶었는데, 연기도 잘하고 괜찮네."

"별말씀을."

알렉산드라가 한국에서 멕시코까지 공수해 온 초코파이를 주머니 안에서 꺼내곤 어깨를 으쓱였다.

"호아킨이 의심할 수도 있으니까, 일단 우리를 만난 기억을 지우고…… 보고한 사실도 대충 끼어 맞추게 명령해 줘."

"그러지."

제임슨 쿠퍼에게 '정의(Justice)' 만큼 어울리는 단어는 찾을 수 없을 것이다.

로스엔젤리스 태생인 제임슨은 어릴 적부터 약자와 곤경에 빠진 사람을 보면 지나치지 못했고, 또 범죄자들을 보면 용서하지 않았다.

만화에 나올 법한 정의로운 사람, 그게 바로 제임슨이었고, 종종 그를 아는 사람은 영웅(HERO)이라 불렀다.

허나, 그렇다고 제임슨이 호의적인 시선만 받은 건 아니다. 미국인들 사이에서 이런 성격은 별종으로 취급받는다.

원래 미국인은 중국인이나 일본인보다도 개인주의적 성향이 굉장히 강한 편에 속하는 편이기 때문이었다.

만화나 영화 등, 슈퍼히어로 장르로 유명한 미국이지만 — 대부분 미국인들은 철저하게 자기 자신과 가족에게만 신경을 쓰는 편이었고, 남들의 일에 간섭하지 않고 그냥 지나치는 성향이 제법 있는 편이었다.

단체에서 남과 다른 눈에 띄는 행동을 하면, 당연히 주목을 받기 마련이다.

그리고 그러면 질이 좋지 않은 집단이 마음에 들지 않는다면서 시비를 걸어오는 경우도 있었다.

'나는 굽히지 않을 거야.'

허나 제임슨은 폭력에 결코 굴하지 않고 자신의 의지를 관철했다. 남들에게 지는 것 같아서가 아니다.

제임슨이 남을 도와주고 싶은 마음은 거짓이 아니라 진실이었다. 결코 영웅놀이에 취해서가 아니었다.

그만큼 제임슨은 선하고, 정의로운 사람이었다. 학창 시절 동안 집단 괴롭힘(Bully)도 받으며 괴로워했으나 꿋꿋이 버텨 남들을 도우면서 성장해 왔다.

장래희망 역시 그 정의심에 의하여 목표가 잡혔다. 합법적으로 범죄자를 체포할 수 있는 경찰이었다. 그리고 수많은 노력 끝에 로스엔젤리스의 경찰이 될 수 있었다.

"날 도와줘서 고마워요. 당신은 나의 영웅이에요!"

경찰이 되고 얼마 지나지 않았을 때, 강도를 당할 뻔한 여성을 구하게 됐다. 그녀의 이름은 안젤라였다.

"당연한 일을 했을 뿐입니다."

"아니요, 설사 당신이 경찰이라곤 하지만 절 구해 준 사실은 변하지 않아요. 괜찮다면 저랑 술 한 잔 하실래요?"

안젤라는 제임슨에게 대접하겠다며 식사를 초대했고, 청춘 남녀가 한 집에서 만나니 자연스레 화끈한 밤을 보냈다.

두 사람이 사귀는 건 그다지 오랜 시간이 걸리지 않았다.

연애가 전부 순탄한 것은 아니었으나, 두 남녀는 서로를 사랑했다. 이윽고 1년간의 연애 끝에 결혼하게 된다.

허나 결혼 생활은 그렇게까지 좋지만은 못했다.

제임슨에게 성격적인 문제가 있었다.

"제임슨! 당신은 대체 날 언제까지 내버려 둘 생각이야?"

"안젤라, 당신도 내가 경찰이란 걸 알고 있잖아."

"나도 경찰이 집에 잘 들어오지 못하는 걸 알고 있어. 이해를 못 하는 건 아니야. 하지만 당신은 휴일에도 일을 하려 하잖아!"

제임슨은 워커홀릭 기질이 지나친 감이 있었다. 아니, 단순히 일이 좋다는 문제가 아니었다.

어릴 적부터 남을 돕기로 좋아하고, 불의를 보면 참지 못했던 제임슨은 그 경향이 일상에 지장이 갈 정도로 심했다.

휴일에도 메신저로 동료들에게 무슨 문제가 없냐고 물었으며, 사건이 있다면 설사 휴가여도 급한 일이 있다며 직장으로 되돌아갔다.

집에 들어오지 않는 건 예삿일이었으며, 안젤라가 제임슨에게 여행을 가자고 해도 직장을 들먹이며 거절하게 됐다.

결국 안젤라는 결혼까지 한 남편에게 시간이 갈수록 지쳐갔고, 그의 심각함을 깨닫고 이혼을 요구했다.

"안젤라⋯⋯."

"제임슨, 나 사랑하는 사람이 생겼어. 당신과 달리 날 챙겨 주고 보듬어 주는 사람이야. 미안해. 난 더 이상 이렇게 살 수는 없어."

제임슨은 안젤라를 사랑했지만 붙잡지 못했다. 그 역시 결혼 생활에 심각한 문제가 있다는 걸 잘 알고 있었다.

결국 두 부부는 이혼이라는 이름 아래 결별했다. 이후에 안젤라는 단 한 번도 만나지 못했다.

딱히 안젤라가 제임슨에게 다가오지 말라며 거부한 건 아니었다. 제임슨의 워커홀릭이 이혼 이후에 심해져, 그가 범죄자의 뒤를 쫓는 데만 집중했기 때문이었다.

제임슨은 이혼의 고통을 일로 잊으려고 하는 듯, 수면 시간이 줄여가면서 범죄자를 체포했다.

그러던 어느 날, 제임슨은 이웃집에서 비명이 들린다는 신고를 받고 출동하면서 불행의 시작을 알리게 된다.

신고지였던 가정집을 방문하자, 남편이 아내의 머리를 휘어잡으면서 폭력을 가하고 있었다. 부부 싸움이었다.

"이봐, 제임슨! 진정해!"

정신을 차리고 보니 파트너인 짐이 자신을 붙잡고 있었고, 자신의 두 손에는 피떡이 된 남자가 있었다.

"안젤라……."

"그만해! 내 남편을 죽일 셈이야? 제임슨!"

정말 우연찮게도 신고를 받고 찾아간 가정집은 자신과 이혼하고 새로운 보금자리를 잡은 전처, 안젤라였다.

이후 제임슨은 과잉진압으로 인해 LAPD에서 징계를 받았고, 자숙의 의미로 현장에서 빠지게 됐다.

다행히도 안젤라의 남편에게 법적인 조치를 당하지는 않았다. 짐의 말에 의하면 그녀가 자신을 위해서 남편을 설득해 준 모양이었다.

허나 불행은 거기서 끝나지 않았다.

"짐. 무슨 일이야? 안색이 좋지 않은데."

"제임슨……."

현장에서 빠져 행정 업무를 하고 있던 제임슨에게 파트너였던 짐이 찾아와 충격적인 소식을 전했다.

"자네 부모님이 살해당했어."

보복살인이었다.

경찰은 직업상 원한을 받기가 쉽다. 교도소에 수감된 범죄자들이 감옥에 나와 자신을 체포한 경찰을 찾아서 보복하는 건 간간이 있는 일이었다.

정의를 구현하고, 범죄자를 용서하지 못하는 제임슨의 성격상 상당한 원한을 끄는 건 전혀 이상한 일이 아니었다.

몇 년 전, 제임슨은 편의점을 털려고 했던 '넬슨 펠리즈'라는 강도를 체포한 것이 화근이었다.

넬슨은 감옥에 나오자마자 제임슨에게 보복을 하기 위해 그를 찾았다. 하지만 큰 문제가 있었다.

지독한 워커홀릭이었던 제임슨이 무엇 때문인지는 모르지만 경찰서에서 전혀 나오지 않는다는 점이었다.

숙식도 경찰서에서 해결하고, 설사 나온다고 해도 항상 다른 동료들과 함께였다.

맛이라도 간 모양인지 집으로 돌아가지 않으니 넬슨은 결국 보복을 제대로 하지 못했고, 결국 다른 방법을 찾았다.

제임슨을 조사해서 그의 부모를 찾아 대신 보복의 상대로 삼아버린 것이다.

넬슨은 얼마 지나지 않아 체포됐다. 미국에서도 살인은 충분히 중범죄였고, 건드린 것이 하필이면 경찰의 가족이었다. 붙잡히는 건 당연했다.

하지만 이 사건으로 인해 제임슨은 다시 현장으로 복귀

하겠다고 생각하게 된다.

"나와 같은 피해자들을 만들 수는 없어."

제임슨은 부모를 잃고 슬퍼했지만, 폐인이 되지는 않았다. 주위의 걱정과 다르게 그는 생각보다 강했다.

그렇다고 미친 것도 아니다. 넬슨의 행위 때문에 딱히 범죄자들에 대한 증오심이 생긴 것도 아니었다.

제임슨은 그저, 자신과 같은 슬픔을 겪을 사람들을 걱정하여 누구보다 정의를 위해서 움직이고 싶었다.

제임슨은 상부에게 현장복귀를 요청했고, 상부는 부모를 잃은 제임슨이 업무를 통해 잊으려는 것이라 생각하고 승낙해 줬다. 제임슨은 다시 짐과 버디를 맺어 복귀했다.

"모렐로스 마약 카르텔?"

"그래, 멕시코에서 활동하는 대형 마약 카르텔 중 하나야. 이번에 마약단속국에서 지원요청이 들어왔어. 아무래도 로스엔젤리스에 마약을 수출할 모양인데, 밀수출 루트를 발견했어."

"좋아, 짐. 이래 봬도 내 사격 솜씨는 녹슬지 않았다고."

제임슨은 행정 업무를 하면서도 항상 사격 실력을 유지하기 위해서 간간이 연습하는 등 노력을 아끼지 않았다.

어쨌거나 제임슨과 짐은 마약단속국과 FBI와 함께 합동 임무를 수행했고, 모렐로스 카르텔을 습격했다.

하지만.

"짐! 이봐, 짐! 정신 차려!"

마약밀매현장을 덮치는 데 성공했으나, 총격전 끝에 짐이 사망하게 된다. 아니, 짐뿐만이 아니었다.

그 자리에 있던 마약단속국, FBI, LAPD은 대부분 죽거나 중상을 입게 됐다.

제임슨은 아직도 그날을 잊을 수 없었다.

모렐로스 카르텔과 싸웠고, 보스인 호아킨 마르티네스의 얼굴도 볼 수 있었다. 그러나 호아킨은 인간이 아니었다.

비유적인 표현이 아니다. 호아킨은 상식을 뛰어넘었다.

"제기랄! 죽어! 죽으라고!"

"흥."

제임슨은 출동하기 전 짐에게 자랑했던 것처럼, 사격 솜씨는 현역 그대로였다. 한 발, 한 발이 위협적이었다.

그러나 아무리 총알 세례를 퍼부어도 호아킨만은 죽지 않았다. 카르텔 조직원은 인간이었으나, 호아킨은 악마였다.

호아킨 마르티네스는 총알을 맞아도 상처 하나 입지 않고 멀쩡했으며, 마치 마법이나 초능력 같은 힘을 사용했다.

그가 손을 펼치면 자동소총과 방탄복으로 무장한 부대가

피를 흩뿌리면서 쓰러져 갔다. 수많은 인명 피해가 났다.

제임슨도 호아킨의 수수께끼의 능력에 당했지만, 운 좋게도 갈비뼈가 부러지는 정도로 끝났다.

그리고 경찰병원에서 눈을 떴을 때는 호아킨은 멕시코로 도주한 이후였고, 오랫동안 화합을 맞춰왔던 파트너를 잃은 제임슨은 하루 종일 눈물을 흘리며 그의 장례를 치렀다.

"난, 더 힘을 내야해. 여기서 무너지면 안 돼."

제임슨은 의지만큼은 이미 인간의 한계를 뛰어넘었다.

호아킨의 정체불명의 힘을 목격한 이들은 대부분 심각한 PTSD에 걸려 임무에 한동안 복귀하지 못했다.

그러나 제임슨만큼은 몸이 회복되자마자 다시 현장으로 복귀하여 정의를 구현하는데 힘썼다.

하지만 그의 노력에도 불구하고 또 다른 불행이 찾아왔다.

"이 빌어먹을 짭새 나부랭이야! 내가 누군지 알아? 응?"

불법주차단속을 하던 도중, 양복을 입은 백인 한 명을 체포했다. 그러나 그 백인은 높으신 분이라도 되는지, 체포를 완강히 거부하면서 화를 냈다.

당연히 제임슨은 높으신 분이고 자시고 간에 백인을 공무집행방해죄까지 추가하여 체포했고, 쇠창살 안에 집어넣었다.

문제는 정말로 그 백인이 높으신 분이었다는 점이다.

얼마 뒤에 서장이 새하얗게 질린 안색으로 와선 백인을 꺼내줬고, 그 백인은 제임슨에게 히죽 웃으며 말했다.

"이 개 같은 짭새 나부랭이야. 넌 아주 큰 실수를 저질렀어."

무슨 수작을 사용했는지는 모르겠지만, 백인에 의하여 제임슨은 다시 과잉진압으로 징계를 받게 된다.

문제는 이미 한 차례 과잉진압을 받은 적이 있었고, 이후에도 그 체포한 백인 때문에 행동에 제한을 받게 됐다.

'대체, 무엇이 잘못된 것일까.'

제임슨은 남을 돕기 위해, 그리고 정의를 구현하기 위해서 열심히 힘써 왔다. 항상 불행이 덮쳐 와도 굴복하지 않으면서 힘을 냈다. 하지만 현실이, 사회가 그를 막아 냈다.

난생처음으로 인생에 회의감에 느끼던 제임슨. 업무 외의 용도로 쓰지 않는 스마트폰에서 이상이 일어났다.

"Miracle App Store……."

제12장

재회

자고로 힘이란 건 쓰기 나름이다. 그 힘을 어떻게 사용하느냐에 따라서 결과가 천차만별로 달라진다.

앱스토어의 고객이 된 제임슨 쿠퍼는 이 힘을 얻고 별다른 고민을 하지 않았다.

"이거라면, 좀 더. 좀 더 많은 사람들을 구할 수 있다."

비록 이 잔혹한 사회에 몇 번이나 절망하고, 아픔을 겪었으나 제임슨은 포기하지 않았다.

그 강인한 의지 덕분에 제임슨은 앱스토어를 다른 고객들처럼 사리사욕을 위해 쓰지 않고 남을 돕는 데 사용할 수 있었다.

하지만, 우습게도 제임슨은 앱스토어를 이용하는데도 경제적으로 많은 어려움을 겪었다.

워낙 남의 어려움을 보면 쉽게 지나칠 수 없는 성격이어서, 일차적으로 물질적인 힘을 발휘할 수 있는 상품부터 구입했다. 문제는 이걸로 남들을 도와주는 것 외로는 어떠한 용도로 사용하지 않았다는 점이다.

또한, 남을 도와주고 그들이 사례하겠다고 했지만, 제임슨은 철저하게 자신의 정체를 숨기고 피해 다녔다.

자신의 행동 때문에 보복을 당한 부모님을 반사적으로 떠올라 혹시 또 그와 비슷한 상황이 벌어질 것 같아서였다.

아무리 바르다고 해도, 정말 답답한 정도로 고지식한 성격이었다. 괜히 안젤라가 제임슨과 이혼한 게 아니었다.

그렇게 남을 돕는 행동을 하다 보니, 다른 고객들에게 눈에 띄게 됐다.

사실 아무리 제임슨이 흔적을 지우려고 노력한다 하여도, 같은 고객이 그 흔적을 찾는 건 그다지 어렵지 않았다.

애초에 제임슨이 정체를 숨기긴 했지만, 비상식적인 힘으로 날뛰다보니 도시전설 비스름하게 퍼지게 됐다.

남들보다 정상적이지 않는 것, 주로 오컬트적인 것에 민감한 앱스토어의 고객들은 금방 제임슨을 찾게 됐다.

그리고 그중에는 제임슨의 상품을 노리는 자들도 몇몇 있었고, 몇 번의 싸움 끝에 승리하게 됐다.

물론 그렇지 않은, 제임슨과 동맹을 맺고 싶어 하는 사람도 있었다.

범죄자로 보일만한 자들은 쓰러뜨리고, 그렇지 않은 사람들과는 비록 느리긴 했으나 친하게 지냈다.

사람들이 모이다 보니 자연스레 단체가 생겼고, 그것이 현재 제임슨 쿠퍼가 속한 '언컨쿼러블'의 모태였다.

디스페어를 적대하게 된 것도 대단한 이유는 없었다.

대놓고 '이봐, 우린 존나 나쁜 놈들이야.'라고 광고하는 것처럼 행동하는 디스페어에 소속된 고객과 만나고 싸웠다.

그리고 그 고객을 통해서 디스페어가 여태껏 체포해 왔던 범죄자들과 차원이 다르다는 걸 알게 됐고, 악행을 눈앞에 두면 결코 참지 못하는 제임슨은 그들을 막기로 다짐한다.

디스페어 역시 사사건건 방해하는 제임슨 쿠퍼와 언컨쿼러블이 마음에 들지 않았고, 그들처럼 적대하게 됐다.

＊　　　＊　　　＊

자오웨는 손등을 눈썹 위에 붙이고 멀리 내다봤다.

"하나, 둘, 셋…… 생각보다 숫자가 작네요."

"그래. 작아도 너무 작은데."

지우와 중국의 쌍둥이는 웬일인지 안경을 썼고, 알렉산드라는 쌍안경을 착용한 상태였다.

스토킹 글래시즈(Stalking glasses)

-구분: 악세사리

-상품을 구입해 주셔서 감사합니다.

-혹시나 항상 지켜보고, 기록하고 싶은 사람이 계신가요? 그렇다면 걱정하실 필요가 없습니다. 곤란에 빠진 순애주의자분들을 돕기 위해서 만들어진 상품, 스토킹 글래시즈가 있습니다!

-이제 망원 렌즈를 겹겹이 장착하셔서 카메라인지 대포인지 모를 도구를 이용하실 필요가 없습니다. 숟가락보다 무거운 걸 들어보신 적이 없는 분들을 위해서 제작된 스토킹 글래시즈는, 이름만 들어도 알다시피 안경 형태를 한 상품으로 휴대에도 간편합니다.

-스토킹 글래시즈는 동공에 따라 시점이 움직여 촬영이

가능합니다. 촬영은 왼쪽 안경테를 손가락으로 2회 두들기십시오.

－촬영의 사거리는 약 1킬로미터로, 눈을 연속으로 세 번 깜빡이면 확대. 네 번 깜빡이면 축소할 수 있습니다. 눈이 좀 아플 수도 있으니 시력에 자신 없는 분들은 안약을 준비해 주세요.

－누군가의 은밀한 곳을 촬영하면 수증기로 처리됩니다. 그러라고 제작된 상품이 아닐 텐데요!

－촬영된 사진은 고객님의 이메일로 자동 전송됩니다. 이메일을 어떻게 아냐고 물어보시면, 곤란하네요. 누군가가 고객님의 개인정보를 팔아서 전 세계에 돌아다닐지도 모르는 일입니다.

－가격: 10,000,000

두 남자에게 적당한 떡밥을 던졌다.

혹시 약간의 의심을 한다거나, 혹은 서로 너무 경계하면 어쩌나 싶었는데 다행히도 작전은 성공적이었다.

제임슨은 기다렸다는 듯이 에카테펙으로 향했고, 호아킨 역시 카르텔 조직원들을 저택으로 집결시켰다.

일행은 호아킨의 저택에서 약 1킬로미터 정도 떨어진 곳에서 발견되지 않도록 지형지물을 적당히 이용해 은신했다.

그리고 자오웨가 스토킹 글래시즈를 소개해줘서 이렇게 먼 곳에서 들키지 않고 촬영할 수 있었다.

다만 중복 구매가 불가능한 상품인지라, 트라우마에 걸린 알렉산드라는 스토킹 글래시즈를 구입할 수 없었다. 촬영 기능은 없지만, 어쩔 수 없이 쌍안경으로 대체했다.

상품의 이름이나 설명이 좀 무섭고 괴랄하긴 했지만, 익숙한지라 그냥 넘어가기로 했다.

원래 앱스토어에서 상품 소개가 이상한 건 한두 개가 아니다. 도리어 설명이 평범한 상품의 숫자가 적을 정도다.

참고로 나사 하나쯤 빠진 설명은 만국공통인 모양인 듯. 중국의 쌍둥이나 알렉산드라도 신경 쓰는 눈치가 아니었다.

"만약 내가 제임슨이었다면, 확실히 처리하기 위해서 동료란 동료는 다 끌고 왔을 거야. 호아킨이 어떤 힘을 소유하고 있는지는 모르겠지만, 다굴에 장사 없는 법이지."

"맞아요. 정의의 조직이라면 자고로 다수로 소수를 압도적인 물량과 힘으로 굴복시키는 법이죠."

자오웨가 이상한 부분에서 긍정하는 모습을 보였다.

"……?"

칭후의 얼굴이 의문으로 일그러졌다. 꼭 '그건 또 무슨 개소리냐.' 라고 무언으로 말하는 것 같았다.

알렉산드라 역시 칭후 만큼은 아니었지만, 언제나처럼 피폐함이 묻어나는 표정으로 머리만 옆으로 기울였다.

"그렇다면 추측할 수 있는 건 두 가지."

두 명이 이해하지 못하는 얼굴로 설명을 요구했으나, 깔끔하게 무시하고 검지와 중지를 폈다.

"그동안 조직 간의 다툼으로 상당한 전력을 잃었거나."

"아니면 다른 장소로 전력을 분산시켰을 경우죠."

자오웨가 안경테를 툭툭 두들기면서 덧붙였다.

"그 둘 중 어떤 것일지는 모르겠지만…… 이상한 건 그뿐만이 아니다. 호아킨을 봐라."

팔짱은 낀 채로 서 있던 칭후가 턱 끝으로 저택의 중심부를 가리켰다.

영화에서나 나올 법한 약 백여 평 정도의 대저택에는 카르텔 조직원으로 추정되는 이들이 무장을 한 채 서 있었다.

그리고 분수대 뒤쪽, 나선형으로 이어진 계단 위, 화려하게 장식된 현관문 앞에 시가를 입에 문 호아킨이 보인다.

"콧수염이 인상적인 아저씨가 보이는데."

"멍청한 놈. 그 뜻이 아니다. 네 눈은 옹이구멍이냐?"

"시커멓고 불길한 아우라라면 알고 있어. 그렇지만 앱스토어의 고객이라면 이상할 것 없잖아."

비록 1킬로미터나 떨어져 있지만, 호아킨에게선 범상치 않은 분위기가 흐르고 있었다.

그게 아우라인지, 아니면 다른 것인지는 잘 알 수 없지만 확실히 보통은 아니었다.

칭후가 어떤 의도인지 이해하지 못한 지우가 머리를 갸웃하고 있자, 자오웨가 말을 꺼냈다.

"칭후. 아무래도 우리 네 명 중에서 스카우트 역할을 하는 건 저희밖에 없는 것 같네요. 무공을 배우지 않았다면 기감(氣感)이 제대로 개방되지 않았을 테니까요."

자오웨의 설명에 칭후가 쯧, 하고 가볍게 혀를 차면서 눈살을 찌푸렸다. 그리고 멀뚱멀뚱 두 눈을 껌뻑이고 있는 지우와 알렉산드라를 위해서 친절하게 설명해 줬다.

"제임슨 쿠퍼나 그를 따라온 세 명, 그리고 호아킨은 대충 보기에도 범상치 않은 놈들이다. 그 외에 경비들은 평범한 카르텔 조직원들일 뿐이지."

'아니, 딱히 평범한 건 아닌데 말이야.'

세상 그 누가 멕시코 마약 카르텔 조직원들을 평범하다고 할 수 있을까? 반사적으로 태클을 걸고 싶었지만, 괜히 귀찮은 싸움으로 변질될 것 같아 지우는 입을 다물었다.

"요약하자면, 너희들이 이 주변 일대에 특별한 힘을 소유한 이들이 있는지 알 수 있다는 거야?"

"그래."

"과연, 동양의 신비란 건가."

동양인이 지껄였다.

"어쨌거나? 디스페어 측은 호아킨 외에 수상쩍어 보이는 놈이 보이지 않는다. 대체 무슨 일인지 알 수가 없군."

"정보를 흘렸는데도 호아킨 마르티네스밖에 오지 않다니…… 확실히 이상한데."

알렉산드라가 고운 눈썹을 구부렸다.

"그만큼 힘에 자신이 있다는 것일까요?"

"아니. 호아킨을 얼굴을 보아하니 그것도 아닌 것 같…… 아, 싸우기 시작한다."

타다다다!

호아킨이 쏘라는 제스처를 취하자, 카르텔 조직원들이 방아쇠를 당겼다. 총구에서 불꽃이 튀기면서 수백 발의 총알 세례가 언컨쿼러블 측의 네 명에게로 쏟아졌다.

당연한 이야기지만, 일반인을 월등히 뛰어넘은 언컨쿼러블에게 총알 세례는 별다른 위협이 되지 않았다.

"모양새를 보아하니 염동력인가……."

언컨쿼러블에서 제임슨을 포함한 세 명은 백인이었고, 다른 한 명은 사십 대로 보이는 흑인이었다.

그가 정면을 향해 손바닥을 쫙 펼치자 곳곳에서 날아오는 총알이 보이지 않는 벽이라도 막힌 것처럼 멈췄다가 바닥으로 떨어졌다.

"그들의 능력을 놓치지 말고 기록하세요. 미리미리 대응책은 만들어 두는 것이 좋으니까요."

자오웨가 동공을 빠르게 굴리면서 촬영에 힘썼다.

이후, 언컨쿼러블과 모렐로스 카르텔의 싸움은 일방적이라 할 정도로 언컨쿼러블의 압도적인 승리였다.

호아킨은 무슨 생각인지 움직일 생각을 하지 않았고, 카르텔 조직원만 싸움에 나서니 결과는 뻔한 일이었다.

"과연 자칭 정의의 조직인가."

알렉산드라의 눈에 이채가 서렸다.

"장난하는 것도 아니고…… 왜 한 명도 죽이지 않는 거지?"

언컨쿼러블이 압도적으로 이기고 있었으나, 사망자는 단한 명도 발생하지 않았다.

지우는 그런 행동을 결코 이해할 수 없었다.

모렐로스 카르텔은 숙적인 디스페어의 산하에 있는 조직

이기도 하지만, 일단 마약 카르텔이다. 그들이 살아온 삶이 대충 어떨지는 추측할 수 있었다.

즉, 죽여도 양심의 가책은 전혀 문제없다는 의미. 게다가 이대로 살려 둔다면 결국 나중에는 적으로 되돌아올 텐데, 왜 살려두는지 의문이었다.

"무슨……."

그때였다.

지금까지 방관하고 있던 호아킨이 드디어 움직였다.

허나, 호아킨이 움직임과 동시에 이변이 일어났다. 대부분 전투 불능 상태로 바닥에 누워 있던 카르텔 조직원들의 가슴 부근이 칼로 도려낸 것처럼 쩍 갈라지더니만, 피가 솟구치면서 심장이 튀어나오는 그로테스크한 광경을 자아냈다.

더더욱 기괴한 것은, 튀어나온 심장이 시커먼 기운과 함께 소용돌이치더니만 일제히 호아킨에게 빨려 들어갔다.

"사술을 부리는군."

"우습게볼 게 아니에요, 칭후. 저자에게서 느껴지는 기운은 보통이 아닙니다."

호아킨에게서 범상치 않은 기운을 느꼈는지 자오웨의 얼굴이 딱딱하게 굳었다.

"결국 디스페어는 호아킨 한 사람인가. 우리의 예상과는 다른 상황이 굴러가고 있는데."

원래라면 두 조직의 일원들을 이번 싸움을 통해서 최대한 정보를 모을 생각이었다. 하지만 예상과는 다르게 디스페어는 호아킨 한 사람밖에 나오지 않았다.

네 사람은 각자 좋지 않은 표정을 지으며, 두 조직 간의 싸움을 살펴봤다.

카르텔 조직원들이 한꺼번에 사망하자, 제임슨이 제일 먼저 분노하면서 호아킨에게 덤벼들었다.

그가 어떤 전투적인 능력을 지녔는지는 정확히는 알 수 없었으나, 괴력이나 초고속 능력을 지닌 건 알 수 있었다.

특별한 무술을 쓰지 않는 걸 보면 무공이 아니라 육체적 초능력으로 보였다.

"흑인은 주로 염동력을 사용하는 것 같고…… 다른 둘은 저보다 알렉산드라 씨가 더 잘 알고 있을 것 같은데요."

"같은 유럽권이라고 해도 러시아가 딱히 마법적인 역사를 지니고 있는 건 아니야. 나도 마법에 대해선 몰라."

다른 두 명은 손에서 번쩍이는 빛과 함께 마법진을 만들어 내면서 호아킨에게 공격을 퍼붓고 있었다.

기하학적인 도형들이 얽히고, 룬어로 추정되는 문자가 쓰인 마법진을 보니 마법이 분명했다.

'이젠 정말로 판타지군.'

지우가 살짝 질린 기색을 내보였다.

"제기랄!"

호아킨은 참혹하게 일그러진 얼굴로 욕설을 내뱉었다.

'아무리 나라고 해도 넷을 동시에 상대하는 건…….'

에카테펙 빈민촌에서 자란 호아킨은 원래는 거물이 아니라, 그저 그런 마약거래상 중 하나였다.

한국에서 마약거래상은 흔히 볼 수 없는 직업이지만, 치안이 최악으로 치닫고 미국으로 공급되는 마약 대부분이 멕시코에서 나오는 걸 감안하면 마약거래상이란 직업이 그리 이상한 건 아니다.

특히 에카테펙의 빈민촌에는 마약거래, 무기거래, 성매매 등은 일상인지라 그다지 특별한 것이 아니었다.

그렇게 하루하루를 살아가던 중, 우연찮게 스마트폰을 얻게 됐다.

멕시코의 스마트폰 보급률은 40퍼센트도 되지 않지만, 거래 상대 중 한 명이 현금 대신에 스마트폰을 지불하여 우연찮게 얻을 수 있었다.

그리고 그 이튿날 곧바로 스마트폰에서 이상이 찾아 왔고, 호아킨은 기적의 힘을 손에 넣고 인생을 뜯어 고쳤다.

마약거래에서 얻은 돈을 조금씩 모아서 물리적인 힘을 발휘하는 상품을 구입. 그리고 고향 땅인 에카테펙 데 모렐로스의 마약 카르텔에 가입하여 최정상에 오르는 데 성공한다.

마약으로 인한 수익은 생각 이상으로 많았던 덕분에, 과거와는 비교도 할 수 없을 만큼의 부를 축적했다.

덕분에 호아킨이 지닌 무력 또한 그 돈만큼 상당히 강한 편으로 앱스토어 고객 둘 정도는 능히 상대할 수 있었다.

멕시코 정부가 군대를 동원하여 미국과의 손을 잡아 잡으러 와도 결코 지지 않을 자신도 있었다.

그러나 아무리 호아킨이라고 해도 동시에 고객 네 명을 상대하는 건 무리가 있었다.

그래서 언컨쿼러블이 자신에게 다가오고 있다는 걸 듣자마자 디스페어의 다른 조직원에게 연락을 했거늘.

"왜 그런가, 호아킨. 동료들에게 버림이라도 받은 얼굴을 하고 있네만."

"루카스 피에나르……."

크게 검지 않은 커피색 피부, 코는 낮고 넓은 형태이며 두터운 입술이 특징을 지닌 장신의 흑인의 이름이다.

루카스는 언컨쿼러블 중에서도 연령이 높아 정신적 지주

역할을 하고 있으며, 또 제임슨과 함께 언컨쿼러블을 결성한 주요 인물이기도 하다.

"호아킨 마르티네스."

제임슨이 주먹을 꽉 쥐면서 파트너였던 짐을 살해한 원수를 노려보면서 그 이름을 입에 담았다. 그의 갈색 눈동자가 분노로 활활 타올랐다.

"제임슨 쿠퍼. 설마 경사 나부랭이가 언컨쿼러블의 리더가 될 줄은 상상도 하지 못했다. 그때 널 죽여야 했어."

로스엔젤리스에 있을 당시엔 몰랐지만, 나중에 언컨쿼러블의 리더가 그 수많은 경찰 중 한 명이었던 걸 알고 얼마나 놀랐는지 모른다. 그리고 만약 과거로 돌아갈 수 있었더라면 필히 죽였을 것이다.

"호아킨, 왜냐."

"로스엔젤리스의 일? 당연히 도망치기 위해……."

"그게 아니야. 왜 네 부하들을 죽였지?"

제임슨의 물음에 호아킨이 기가 질린 기색을 보였다.

그는 입 안 가득 머금은 시가의 연기를 한숨과 함께 내뱉으면서 그의 질문에 답했다.

"이봐, 제임슨. 네가 성인군자라는 건 나도 잘 알겠어. 하지만 내가 이런 말하기도 뭐하지만, 이놈들은 다 하나같이 살아 있을 가치가 없는 쓰레기들뿐이라고."

"난 너에게 부하들을 왜 죽였냐고 물었다."

"하아…… 너희들이 알지 모르겠지만, 내가 지닌 힘의 근원은 아즈텍의 인신공양과 갖가지 미신으로부터 시작된 주술이다. 이 힘을 유지하고 강화하려면 매일 일정량의 인간의 심장을 빼앗아서 흡수……."

"호아키이이이인—!"

제임슨이 분노의 일갈을 터뜨리면서 허리춤에 매달린 권총을 빼 들어 방아쇠를 당겼다.

총구에서 불꽃과 함께 뿜어져 나온 탄환이 빙글빙글 회전하며 호아킨의 미간을 정확히 노리고 날아갔다.

"젠장, 제임슨! 사람의 말을 끝까지 들어!"

호아킨은 아무런 제스처도 취하지 않았지만, 몸에서 시커먼 연기가 뿜어져 나와 총알을 집어삼켰다.

"이보게, 호아킨. 이제 슬슬 시간을 끌 필요는 없다고 생각하네. 아무래도 그쪽 조직에선 자네를 버린 것 같으니 이제 그만 끝내도록 하지."

루카스가 오른팔을 들어 손바닥을 쫙 펼쳤다.

그의 손바닥에서 보이지 않는 물리력이 발생하면서 이상 현상이 벌어진다. 카르텔 조직원들이 목숨을 잃으면서 바닥에 떨어뜨린 자동소총과 권총이 일제히 허공으로 떠올랐다.

"자네만큼은 살려 둘 수 없네. 이해해 주게나."

타다다다다!

총알이 한꺼번에 비처럼 쏟아지면서 내는 총성은 마치 팝콘을 튀기는 소리와 유사했다.

호아킨은 총알로 이뤄진 유성우의 폭풍에 이를 뿌드득 갈면서 예의 시커먼 연기를 정면으로 내세워 방어했다.

"제기라아알!"

*   *   *

마치 게임의 레이드를 보는 듯한 광경이다. 호아킨 마르티네스라는 희대의 괴물을 두고 앱스토어의 고객 네 명이 고군분투하며 싸우고 있었다.

처음엔 싸울 만하다고 생각했다. 하지만 차츰 시간이 지나면서 저들이 지닌 무력이 보통이 아니란 걸 깨닫게 됐다.

제임슨의 괴력은 워낙 흔한 능력이다 보니 그렇다고 쳐도, 문제는 그가 지닌 고속이동능력과 초재생 능력이다.

언뜻 보면 세르게이처럼 별거 아닌 전투 능력으로 보였지만, 자세히 보면 전혀 아니다.

고속이동능력도 처음엔 너무 빨라서 보이지 않아 텔레포트인 줄 알았다. 하지만 중국의 쌍둥이가 땀을 흘리는 걸 보고 아니라는 걸 깨달았다.

"이형환위……?"

"방금 손목이 날아갔는데 다시 복구된 거 보셨어요?"

육체적인 능력만 보자면 자오웨나 칭후 중에서 이길 수 있는 상대는 없다. 그만큼 쌍둥이의 무공은 대단하다.

그런데 그 두 사람이 땀을 흘리면서 제임슨의 움직임을 좇기 위해 필사적으로 눈동자를 굴리고 있으니, 속으로 제임슨을 향한 경계심이 한 층 더 높아졌다.

"저쪽 흑인도 마찬가지야."

스토킹 글래시즈는 목소리 녹음은 불가능했다. 마찬가지로 육체적 능력을 초월한 지우도, 중국의 쌍둥이도 아무리 청각이 동물 수준이라고 해도 1킬로미터에서 그들의 이야기를 듣는 건 불가능했다. 루카스의 이름은 아직 몰랐다.

"바닥에 떨어진 총을 자유자재로 움직이는 것도 성가시지만, 지면의 대리석도 뜯어내서 공격하고 있어."

루카스는 중간부터 총알을 모두 소모한 듯, 호아킨의 대저택을 무기로 이용하기 시작했다. 저택을 지탱하고 있는 기둥과 철골이 잘게 부서져서 날뛰고 있는 호아킨에게 정신없이 쏟아져 내릴 때마다 쾅쾅 하고 굉음이 터졌다.

"땀 한 방울 흘리지 않는 걸 보면 염동력이 꽤나 상당한 모양이네요. 게다가 중간에 호아킨의 움직임이 멈칫하는 걸 보면 몸에 직접적인 영향도 줄 수 있는 모양이고요."

자오웨의 고운 미간에 깊은 고랑이 파였다.

총체적인 평가를 보면 언컨쿼러블 측 네 명의 무력은 무시할 수 없는 수준이 아니었다. 도리어 성가셨다.

"다들 석상처럼 굳은 게 재미있어서 좋은걸……."

유일하게 언제나처럼 포커페이스를 자랑하는 알렉산드라가 입꼬리를 살짝 치켜 올려 웃었다.

"끄응."

남을 놀리기 좋아하지만, 정작 이렇게 대대적으로 망신살을 보인 적이 없는 자오웨가 불편한 기색을 보였다.

그러나 알렉산드라의 충고를 제대로 듣지 못하고 한순간이라도 저들을 아래로 본 과거의 자신 때문에 자오웨는 단한 마디도 이렇다 할 반박을 하지 못했다.

"언컨쿼러블도, 디스페어도 역사가 얼마나 됐는지 모르니 그 강함에 대해선 나도 아는 바가 없어. 하지만 대놓고 조직명을 드러내면서 앱스토어의 고객들을 찾아다니고, 가입 권유를 하고 다니고 있는 놈들인 걸 잊지 말도록 해."

적어도 정체를 숨기지 않고, 고객들을 찾아다니는 걸 보면 그만큼 지니고 있는 힘에 자신이 있다는 의미다.

세계 각국에 고객이 손을 잡은 조직, 동맹, 단체가 얼마나 있을지는 모르지만, 아마 저 둘이 수좌를 다투고 있을 것이 분명했다.

"알렉산드라의 말에 동감이다."

의외로 자존심이 강해 보이는 칭후가 제일 먼저 그녀의 말에 동감하는 모습을 보였다.

"무인에게 있어서 자만이나 오만은 금물인 법. 네 말대로 우리의 정신적인 수행이 부족했다. 가르침에 감사한다."

'어휴우!'

마치 무림인인 것처럼 행세하는 칭후를 보니 한숨이 절로 튀어나왔다. 오글거려 피부 위에 닭살이 우수수 돋았다.

"훈훈한 분위기로 과거를 반성하는 시간도 괜찮지만, 지금은 그럴 때가 아니에요. 제가 한눈팔지 말고 주시하라고 했잖아요. 비오는 날 먼지 나게 쳐 맞고 싶지 않으면 당장 그 더럽고 무겁기만 한 엉덩이 들고 당장 튀어 와요."

무언가를 발견하고 흥분했는지 자오웨가 본색을 드러내면서 잠시 시선을 돌린 세 사람을 급히 불러들였다.

"잠깐, 아무리 얼마 안 봤다고 하지만 이건 대체……."

시선을 돌리니 입이 절로 쩍 벌어졌다.

눈앞에 펼쳐진 광경은 방금 전까지 보던 환경이 아니었다. 주변 자체가 송두리째 바뀌었다.

마법 폭격이나 초능력 세례로 인하여 지반이 붕괴되고, 기둥을 잃은 저택이 움푹 내려앉았다는 의미가 아니다.

그렇다고 폭격기가 지나간 것처럼 흔적 하나 없이 소멸한 것도 아니었다.

현관문으로 이어진 나선형 계단 아래부터 시작된 수십 줄기의 나무뿌리가 마치 수림(樹林) 지대 마냥 무성하게 자라나 다 쓰러져 가던 저택을 감싸 안고 있었다.

루카스에 의하여 뽑혔던 기둥은 가지만 없지 누가 봐도 알 수 있는 수수께끼의 나무가 저택을 지탱하고 있다.

분수 또한 나무뿌리에 의하여 뽑혀나가 물줄기가 치솟아 바닥으로 줄줄 흐르고 있고, 대리석과 아스팔트 바닥은 모조리 치솟아올라 흙과 나무 위에 아무렇게나 널려져 있다.

고작 5분도 되지 않은 시간이었는데, 현대적인 건축방식으로 세련된 미를 자랑했던 호아킨의 저택이 나무 위의 지은 집처럼 탈바꿈됐다.

"마법을 쓰는 여자가 뭔가에 당했다."

여태껏 보았던 광경이 한순간에 바뀌었으나, 칭후는 날

카로운 눈썰미로 언컨쿼러블의 조직원들을 모두 찾아냈다.

아까까지만 해도 마법을 사용하던 백인 여성이 누워 있었으나, 백옥같이 희던 피부가 새파랗게 변색됐다.

그 이상 현상에 지우는 눈살을 찌푸리면서 시선을 떨어뜨리지 않았고, 얼마 지나지 않아 언컨쿼러블의 나머지 세 명이 누워 있는 여성에게 달려와서 소리치는 게 보였다.

눈을 세 번 껌뻑여 시점을 확대하니, 여성의 가슴이 미세하게 오르락내리락하는 것이 눈 안에 들어왔다.

아직 목숨을 잃지 않은 모양이다.

'죽는 건가?'

모양새를 보아하니 목숨이 위독한 모양. 아니나 다를까, 흑인이 얼른 품 안에서 연분홍 빛깔 액체가 든 플라스크 병이 보였다. 고객에게 비교적 익숙한 소모품, 포션이다.

'살았…… 아니, 잠깐. 포션이 통하지 않아?'

어머니에게 포션을 복용했던 지우는 그 효능이 얼마나 뛰어난지 알고 있다. 앱스토어 고객이라면 돈도 부족하지 않을 테니 하이 포션 정도는 복용시켰을 텐데, 푸르딩딩하게 변한 백인 여성은 나아질 기미를 보이지 않았다.

'저들에게도 뭔가 이상이 나타나고 있어.'

백인 여성을 안고 있던 제임슨이 심하게 기침을 하는 것이 보였고, 다른 두 명의 안색이 굳는 것이 보였다.

그리고 세 명은 그대로 쓰러진 여성을 품에 안더니만 뒤도 돌아보지 않고 저택의 반대 방향으로 모습을 감췄다.

"호아킨을 찾았…… 잠깐, 한 명 더 있다."

이번엔 알렉산드라가 손가락으로 한쪽을 가리켰다.

호아킨의 상태는 처참했다. 오른팔은 짐승에게 물어뜯긴 것처럼 너덜너덜했고, 시커먼 연기가 꿀렁이면서 그 주위를 나돌아 다녀 음산한 분위기를 자아냈다.

피부색도 아까의 백인 여성처럼 푸르딩딩하게 변색된 걸 보니 그도 무언가에 중독된 모양이었다.

하지만 더 큰 문제는 그런 호아킨 앞에 나타난 또 다른 백인 남성이었다.

"독입니다. 그것도 극독(劇毒)이에요. 당장 여기서 벗어나야 해요."

소매로 입가를 가린 자오웨가 찌푸린 인상으로 자리에서 한시라도 빨리 벗어나려했다.

"그녀의 말대로 여기에 있는 건 확실히 위험해. 비록 거리가 떨어져 있긴 하지만, 저 정도의 극독이라면 언제 여기까지 올지 모르는 일이야. 보아하니 땅이나 혹은 식물을 매개체로 삼는 것 같……."

"잠깐. 그가 떠난다."

아직 정체를 알 수 없는 남자가 호아킨과 대화를 끝내고 언컨쿼러블처럼 그 자리에서 떠나갔다.

죽음의 땅에 홀로 남은 호아킨은 시커먼 연기 덩어리 사이에서 비명을 지르며 발광했지만, 심각한 부상을 입었는지 한 발자국도 움직이지 못했다.

"잠깐만요. 당신 설마……."

"언컨쿼러블에 대해선 그럭저럭 수집했지만, 디스페어에 대해선 제대로 알지 못합니다. 아까 그 남자도 뒷모습을 보느라 놓쳐버렸으니까…… 호아킨이 그 실마리입니다."

"설마 그를 살려보겠다는 얼토당토지 않은 말은 하는 건 아니겠죠? 아니, 그보다 저 미친 곳에 누가 가는데요?"

"그건 제가 갈 테니까 얌전히 알렉산드라나 데리고 여기서 빠져나가세요. 시간이 없으니까 더 이상 잡담은 삼가도록 하겠습니다."

지우가 스마트폰을 꺼내 몇 가지 상품을 주문하고 다시 주머니에 찔러 넣었다.

"그리고 미쳤다고 네 명이나 되는 고객과 맞짱을 깐 놈을 살리겠습니까? 호아킨은 그대로 죽게나둘 거니까 걱정 마시죠."

"아니, 잠깐 당신……."

"그럼 잘 부탁드립니다."

눈을 껌뻑이자 지우의 모습이 흔적도 없이 사라졌다.

"잠깐만요, 위선자 씨! 야! 정지우—! 이 자식아!"

자오웨의 목소리가 울려 퍼졌다.

＊　　　＊　　　＊

시간을 약간 되돌려, 호아킨이 아직 언컨쿼러블의 네 고객과 정신없이 싸우고 있을 때였다.

이변이라는 건 갑작스레 찾아왔다.

"크아아아악!"

오른팔에서 느껴지는 끔찍한 고통에 호아킨은 절규하듯이 비명을 질렀다. 동공을 살짝 돌리니 시퍼런 독을 머금은 나무뿌리에 쓸려 나간 오른팔 보였다.

'이건…….'

호아킨은 그 누구보다 더 이 뿌리에 대해서 잘 알고 있었다. 그리고 이상 현상을 일으킨 존재도 알아챘다.

"안 돼!"

저 멀리서 제임슨의 절규가 들려왔다. 하지만 신경 쓸 틈이 없었다. 어떻게든 이 자리에서 벗어나야한다.

그러나

"*끄흐으*! 말도 안 돼!"

몸뚱아리가 말을 듣지 않는다. 숫자를 헤아릴 수 없을 정도로 수많은 사람의 가슴을 도려내고 뽑아낸 심장으로 얻은 주술의 힘으로라도 어떻게든 일어서려했다.

그의 근원이 되는 시커먼 연기가 오른팔 근처를 감싸 안고 돌아다녔지만, 독에 의한 영향 때문인지 제대로 조정을 할 수가 없었다. 두 다리는 얼어붙은 것처럼 감각을 느낄 수 없었다.

"요한, 감히 네놈이 날……."

"호아킨, 당신에겐 솔직히 사적으로 나쁜 감정은 없어. 아니, 도리어 고맙지. 돈을 벌 줄 몰랐던 나를 도와서 마약을 팔아줬으니까…… 하지만 반대로 나도 너에게 마약을 공급해 줬으니 너도 너무 나쁘게 생각하진 마."

요한은 혀를 차면서 딱한 눈초리로 호아킨을 내려다봤다.

"이, 이 개새……커헉!"

호아킨은 거무튀튀한 색이 뒤섞인 피를 한 뭉큼 토해 내곤, 멀쩡한 팔을 움직여 피를 닦아 낸 뒤에 지옥의 겁화처럼 활활 타오르는 눈동자로 요한을 노려봤다.

"누구냐, 누가 이 일을 세웠는지 말해라. 그 미친 흡혈귀 년이냐, 아니면⋯⋯."

"우리 모두의 의지다."

"⋯⋯뭐?"

"호아킨, 당신은 강해도 너무 강해. 오늘 일로 확신을 가졌어. 언컨쿼러블 네 명을 동시에 상대? 농담하지 마. 디스페어 전체를 뒤집어도 그런 인간은 없어."

호아킨은 마약으로 벌어들인 돈만큼 그 강함도 오랫동안 축적해 왔다. 그 압도적인 힘은 언컨쿼러블과 디스페어에서도 압도적이다. 요한은 오늘 그 강함을 멀리서 두 눈으로 지켜보고 입을 다물지 못했다.

제임슨 쿠퍼의 초고속능력을 눈으로 좇고, 괴력이 담긴 공격을 그다지 어렵지 않게 막아 낼 뿐만 아니라, 루카스의 지원 공격에도 어렵지 않게 저항했다. 폭격기처럼 쏟아지는 마법의 세례도 모조리 막아 내고, 반격까지 했다.

"당신 오른팔을 삼킨 것은 클리포트의 나무 중에서 '신의 오염물'을 의미하는 가말리엘(Gamaliel)의 뿌리다. 일회용인 주제에 뿌리 하나에 무려 일억 달러나 하는 돈의 집합체지. 지원을 받아서 겨우겨우 구입한 가말리엘로 분명히 널 정확히 집어삼켰는데⋯⋯ 겨우 오른팔이라고?"

일억 달러면 한화로 계산하면 약 1,100억 원의 숫자가 나온다. 그런데 그게 고작 일회용 무기로 끝났다.

솔직히 요한은 이거면 그 누구건 간에 확실하게 끝낼 수 있다고 생각했다.

그런데 호아킨 이 무지막지하고, 말도 안 되는 괴물은 그걸 맞고도 살아 있다.

물론 오른팔을 잃고 죽기 직전이긴 하지만, 그래도 살아 있다는 것 자체가 믿을 수 없는 사실이었다.

"대체 얼마나 많은 인간을 죽이고, 얼마나 많은 심장을 먹은 거냐. 이 괴물. 내 친히 만든 아이들 속에서 죽어라."

요한은 갑자기 나타났던 것처럼, 모습을 감췄다. 그리고 그가 있던 자리에 독을 머금은 나무뿌리가 마치 살아 있는 것처럼 꿈틀거리면서 호아킨에게 천천히 다가갔다.

"요한, 네가 감히 은혜를 원수로 갚아! 돌아와! 돌아오란 말이다!"

요한이 떠나간 자리를 보며 호아킨의 애처로운 비명에 가까운 괴성을 질렀지만, 애초에 호아킨을 끝내러 온 그가 돌아올 리가 없었다.

독으로 몸이 마비된 호아킨은 수림 속에 갇혀 결국 아무것도 하지 못하고 천천히 죽음을 맞이하게 됐다.

"안 돼, 이럴 수는 없……?"

계속해서 괴성을 내지르던 호아킨의 말이 뚝 하고 끊겼다.

그동안 수많은 사람을 먹어 치운 그의 심장이 멈춰 서 그런 것이 아니었다. 그렇다고 요한이 되돌아온 것도 아니다.

정체를 알 수 없는 동양인이 눈앞에 서 있었다.

아무래도 독의 영향을 받는지 상당히 피곤한 기색이었고, 피부도 창백했지만, 이 땅 위에 죽지 않고 멀쩡하게 서 있다는 건 일반인이 아니라는 의미다.

혼란에 가득 찬 눈으로 호아킨이 물었다.

"넌 대체……?"

"흑막."

남자의 손바닥이 호아킨의 시야를 가렸다.

*　　*　　*

일주일 뒤, 세계 각국은 한 가지 이슈로 도배됐다.

― '호아킨 마르티네스' 그는 대체 누구인가?

― 로스엔젤리스의 원수, 수수께끼의 죽음을 맞이하다.

— 국제보건기구(WHO) 호아킨의 대저택이 위치한
지역에 PHASE 5—6(광범위한 감염) 발령.

— 멕시코 제2의 도시, 사건 발생 직후 '혼란의 도가
니'

— 마약 카르텔, 정부에겐 '골치' 주민들에겐 '안심'

— 멕시코 빈민층, 마약 카르텔 보스 추모 물결 잇
따라

두말할 것도 없이 호아킨의 죽음이었다.

원래 호아킨은 국제적으로도 나름대로 얼굴이 알려진 편
에 속했다. 물론 긍정적인 쪽이 아니라, 부정적인 측면이다.

마약왕이라는 호칭이 달릴 정도로 한 시대를 풍미하는
거물은 아니었으나, 그래도 그에 견줄 정도는 됐다.

그러나 이번 사태로 인해 대대적으로 다시 한 번 악명을
떨치게 됐다.

호아킨의 대저택을 중심으로 반경 5킬로미터 안팎이 동
물을 고사하고 식물도 살기 어려운 독지(毒地)로 변해 버린
것이다.

다행히 차츰차츰 시간이 지나면서 독의 영향이 약해졌
고, 감염된 지역도 5킬로미터 안팎 외엔 규모가 확대되지

않았으나 WHO는 에카테펙 데 모렐로스 지역의 주민들에게 대피 권고를 내리고 급히 그 일대를 폐쇄하여 조사했다.

혹시 그가 생화학병기를 사용한 것이라면 그건 국제적으로도 심각한 문제를 초래한다. 덕분에 멕시코의 대통령은 갑작스러운 사건에 먼지 나도록 뛰어다녔다.

"하! 애도의 물결? 장난하는 것도 아니고!"

미국, 로스엔젤리스. LAPD 본부

국장, 프랭크 릭스는 어이없어하며 과거의 일을 떠올렸다. 아직까지도 그 악몽 같은 일이 잊혀 지지 않는다.

몇 년 전, 프랭크가 아직 총경이었던 시절 호아킨이 로스엔젤리스에 있다는 소식을 듣고 대대적인 작전을 펼쳐 그를 잡기 위해서 SWAT까지 동원해 전쟁을 벌였다.

하지만 결과는 참혹할 정도로 실패하게 됐고, 그로 인해 수많은 인명 피해가 나면서 전 국장과 부국장이 책임을 지고 옷을 벗게 됐다.

덕분에 국장 후보 중 한 명이었던 프랭크가 국장에 오를 수 있었지만, 그렇다고 그때의 일을 고마워하는 건 아니다.

프랭크가 아끼던 수하들이 상당 부분 죽거나 다쳤고, 그때만 생각하면 프랭크는 아직까지도 이가 부득부득 갈렸다.

"놈을 체포하지 못한 것도 짜증 나는데, 추모라니!"

타국의 범죄조직과는 달리, 멕시코에서 카르텔에 대한 이미지는 웃기게도 상당히 우호적인 편에 속한다.

이는 호아킨뿐만 아니라 카르텔의 두목들이 대부분 좋은 이미지를 갖기 위해 해당 지역의 주민들에게 좋은 일을 많이 해 줘서 그렇다.

마약단속국의 추적을 피하기 위해서 마약 판매 행위를 숨기기 위해서기도 하지만, 민심을 사로잡아서 라이벌 조직이나 진압군 등에게 인간 방어막으로 쓰기 위해서였다.

헌데 웃기게도 멕시코는 사회보장제도가 거의 전무하다시핀 국가인지라, 학교나 병원을 사비로 들여 지어주는 카르텔에게 고마워할 수밖에 없었다.

그래서 멕시코 사회는 현재 '누가 감히 그를 죽였나.' '카르텔을 잃었으니 멕시코의 독재정권을 막을 자들이 없다.' 등의 터무니없는 반응이 나오고 있었다.

즉, 추모의 물결은 거짓 하나 없는 진심이라는 뜻이다.

"끙. 그런데 그놈은 대체 뭐하는 놈이지?"

프랭크는 부국장 이상만 열람할 수 있는 보안서류를 읽곤 탈모가 심하게 진행된 머리를 조심스레 긁적였다.

"위성으로도 촬영이 불가능하다니……."

사태가 워낙 컸는지라, 당연히 조사도 자세하게 이뤄졌다.

그러나 섬뜩하게도 그날 위성에 촬영된 호아킨의 대저택은 시커먼 연기에 가려져 무슨 일이 있었는지 알 수 없었다.

미국에서 전문가들을 불러들여 아직까지도 조사해 보고 있었지만, 아직까지도 그 정체는 불투명했다.

로스엔젤리스 때만 해도 호아킨에 대한 의문은 한두 가지가 아니었다.

프랭크는 당시 현장에 있진 않았지만, 당시 작전에 참여한 사람들에게 '악마다.' 혹은 '초능력자.' 등의 터무니없는 증언을 들은 적이 있었다.

그때는 단체로 환각을 보게 만드는 가스라도 살포한 줄 알고 넘어갔는데 ─ 이번 사태를 보니 그냥 지나치기엔 다소 무리가 있었다.

"조사해 봐야겠어."

프랭크의 의문은 훗날 미국 정부를 움직이게 한다.

* * *

의정부교도소

주로 잡범이나 경제사범이 수용되는 교도소로, 살인이나 강간 등의 흉악범은 없고 죄질이 옅은 자들이 수감된다.

물론 그렇다고 중범죄자들이 아예 없는 것도 아니다. 경제사범 중에서도 죄질이 무거운 자들도 존재한다.

"0712번, 면회다."

파란색 죄수복을 입고 독서 삼매경에 빠져 있던 0712번은 교도관이 문을 열고 자신을 부르자 고개를 갸웃하고 기울였다.

그가 지은 범죄는 의정부교도소, 아니 전국의 교도소에 수감된 자들 중에서도 상당히 특이해 면회가 제한되어 있다.

가족이나 친지라면 가능하긴 하지만, 0712번은 부모도 일찍이 사망했고, 형제도 없는 데다가 친척과도 이미 예전에 연이 끊긴 지 오래라 면회자가 있을 리가 없었다.

"교도관님, 저번에 구해 주신 책 잘 읽었습니다. 감사합니다."

좀 더 나은 수감 생활을 보내기 위해서는 교도관과 친분을 쌓는 것은 필수할 정도로 요구되는 선택이다.

그들의 눈 밖에 난다면 일단 다른 범죄자들에게 보호를 받을 수 없을뿐더러, 갖가지 혜택을 못 받게 된다.

반면 그들과 친해진다면 가끔씩 들어오는 흉악범 등에게 보호도 받을 수 있고, 또 개인적으로 필요한 물건을 흉기나 탈옥도구를 제외하곤 부탁해서 구할 수 있다.

0712번은 교도관의 보호 같은 건 별로 필요하지 않았지만, 가끔씩 바깥세상 일이나 혹은 서적이 필요해서 교도관과 친하게 지내는 편이었다.

"……."

0712번이 눈을 게슴츠레 뜨며 매서운 눈매를 보였다.

자신을 담당하는 교도관은 평소에도 재잘거리기 좋아하는 성격으로 이렇게 과묵한 적은 단 한 번도 없었다.

물론 교도관인지라 수감자와 필요 이상으로 대화하는 건 금지되어 있지만, 그는 이곳 교도소에서 근무한 지 제법 돼서 교도소장도 눈을 감아주는 편이었다.

'이상해.'

교도관에게 무슨 일이냐고 물어보려 했지만, 분위기가 심상치 않은 걸 느낀 0712번은 입을 꾹 다물고 수갑을 찬 채로 교도관에게 이끌려 면회실로 안내받았다.

면회실에 도착하자 그 의문은 더욱 커졌다.

목소리를 들을 수 있도록 구멍이 뚫린 투명한 유리벽 앞에 놓인 의자는 그렇다고 쳐도, 만약의 상황을 대비하여 배치된 교도관들이 흐릿한 눈으로 먼 산을 쳐다보고 있는 건 누가 봐도 이상했다.

"당신은…… 누구시죠?"

의자에 앉자 반대편에는 연이 끊긴 친척도, 그렇다고 한 때 친구라 불렀던 사람도 아니었다. 그렇다고 제한된 인물도 아니다. 애초에 그녀는 외국인이었다.

설사 만나 본 적이 있었다고 해도, 잿빛을 띠는 머리카락에 눈 밑에 검은 기미를 낀 미녀는 잊을 수 없는 특징을 지니고 있었다.

"자리 좀 비켜 주겠어?"

"그러지."

교도관이나 외국인의 등장이 워낙 인상 깊어서 그랬을까, 맞은편에 교도관 외에 남자가 있다는 걸 깨닫지 못했다.

그리고 그 남자가 맞은편에 앉은 순간, 의문과 혼란으로 가득 찼던 0712번의 입가에 진한 미소가 번졌다.

파란색 죄수복, 팔목에 찬 수갑, 호선으로 휜 눈매에 알맞은 선한 인상, 그리고 백발의 남자가 인사했다.

"설마 정지우 당신이 절 찾아올 줄은 몰랐어요."

"나도 그래, 백고천."

정지우와 백고천이 서로를 마주 봤다.

〈다음 권에 계속〉